LAISHI DE LU

来时的路

亲历者讲述红色故事

战斗在闽西

何志远 等◎著

庞召力　任德才◎编

中国文史出版社

图书在版编目（CIP）数据

战斗在闽西／何志远等著；庞召力，任德才编.
北京：中国文史出版社，2024.12. --（来时的路：亲
历者讲述红色故事／朱冬生主编）. -- ISBN 978-7
-5205-4880-9

Ⅰ. I251

中国国家版本馆 CIP 数据核字第 2024J10W89 号

责任编辑：金　硕　胡福星

出版发行：**中国文史出版社**

社　　址：北京市海淀区西八里庄路 69 号　　邮编：100142
电　　话：010-81136606/6602/6603/6642（发行部）
传　　真：010-81136655
印　　装：廊坊市海涛印刷有限公司
经　　销：全国新华书店
开　　本：700mm×1000mm　1/16
印　　张：16
字　　数：153 千字
版　　次：2025 年 1 月北京第 1 版
印　　次：2025 年 1 月第 1 次印刷
定　　价：72.00 元

丛书编委会

总　主　编　朱冬生

执 行 主 编　史延胜　金　硕

执行副主编　吕　鹏　任德才　左厚锋

编　　　者　庞召力　孙召鹏　丁　伟　杨顺雨

　　　　　　彭　曾　倪慧慧　冯长青　牛胜启

　　　　　　冯华安　刘英芳

出版说明

选题缘起

一是贯彻落实习近平总书记提出的"要讲好党的故事、革命的故事、根据地的故事、英雄和烈士的故事，加强革命传统教育、爱国主义教育、青少年思想道德教育，把红色基因传承好，确保红色江山永不变色"重要指示精神，深入挖掘红色资源，丰富精神宝库。"采取青少年喜闻乐见、易于接受的形式"，讲好"四个故事"、加强"三个教育"，以高度的历史自觉培育有理想、有本领、有担当的时代新人。抚今追昔、鉴往知来，不忘初心、牢记使命，始终牢记"我们走得再远都不能忘记来时的路"，让信仰之火熊熊不息。

二是引导人们树立正确的历史观。中国共产党百年非凡奋斗历程为我们留下了丰厚的精神遗产，随着时间的推移，现阶段人们尤其是年青一代对当年那一段血与火的历史已渐感陌生；网络时代媒体传播的多元化，极大丰富了人们的信息资源，但在一定程度上也干扰了人们对历史的正确认知，特别是关于党史和军史，存在不准确甚至不正确的史料传播。本丛书旨在通过收集和整理史料，让历史说话，用史实发言，为人们树立正确历史观提供翔实资料。

三是文史资料再开发的尝试。现存的权威军史资料大都时日已长，为防止宝贵的红色资源湮没在历史尘埃中，迫切需要对其进行深度挖掘、梳理整合，以"亲历、亲见、亲闻"的"三亲"史料的形式，让红色资源以新的体系、新的样态呈现在世人面前，更好地发挥教育功能。

编选原则

一是坚持正确的政治立场。牢牢坚持党性原则，牢牢坚持马克思主义新闻观，牢牢坚持正确舆论导向，牢牢坚持正面宣传为主。

二是主题鲜明。丛书反映了中国共产党团结带领中国人民，以"为有牺牲多壮志，敢教日月换新天"的大无畏气概，书写了中华民族几千年历史上最恢宏的史诗；展现了坚持真理、坚守理想，践行初心、担当使命，不怕牺牲、英勇斗争，对党忠诚、不负人民的伟大建党精神。

三是史料权威。丛书内容来源于《中国人民解放军历史资料丛书》《中国抗日战争军事史料丛书》《中国工农红军长征史料丛书》所收录的文章及老一辈革命家的回忆录等。涉及党内路线斗争的题材概不收入；涉及犯有重大错误的人员的情况只做客观描述，不做评述；理论性较强，不便于一般读者理解的文章慎重选录。

四是注重"三亲"性。所选文章紧扣"亲历、亲见、亲闻"的特点，内容感人至深、思想丰富深刻、语言通俗易懂，为加强红色资源的故事化提供生动范例，做到知识灌输与情感培养并举。

卷册专题划分

一是在纵向上按照中国革命的历史进程，讲述了土地革命战争时期、抗日战争时期、解放战争时期及新中国成立初期的党史和军史故事。

二是在横向上各个历史时期再按区域或按部队序列进行分述。如土地革命战争时期的各地武装起义，按照当年武装起义比较集中的地区，如湘赣、湘鄂西、鄂豫皖、苏浙闽沪、陕甘等分别编辑成册。抗日战争时期，按照八路军第一一五师、第一二〇师、第一二九师、新四军、华南抗日游击队、东北抗日联军等分别编辑成册。解放战争时期，按照第一、第二、第三、第四野战军和华北军区部队，以及剿匪斗争、策动国民党军起义投诚等分别编辑成册。后勤工作、军队院校等特殊领域，单独成册。

　　囿于文史资料的自身特点，作者个人身份立场、视野角度不同，一些人撰稿时年事已高、事隔经年，记忆恐有偏差，细节难求完全准确，有意偏重或弱化亦难避免。对此，我们力求维持原貌，体现多说并存，只对一些显而易见的讹误进行了谨慎订正。诚然如此，由于我们能力水平和主客观条件的限制，难免有疏漏之处，恳请广大读者批评指正！

　　　　　　　　　　　　　　　　编　　者
　　　　　　　　　　　　　　　2024 年 6 月

从 1934 年下半年到 1937 年全民族抗战爆发，红军主力相继战略转移后留在长江南北的一部分红军和游击队，在党的领导下，在人民群众的支持下，展开了艰苦卓绝的游击战争。1934 年 10 月，中央红军主力撤出根据地时，中共中央决定成立苏区中央分局和中央军区，以项英为分局书记兼军区司令员和政治委员。成立以陈毅为主任的中华苏维埃共和国中央政府办事处。在项英和陈毅的率领下，留在根据地的部队在策应、掩护了主力红军战略转移之后，进行分散突围，开展游击战争。由于众寡悬殊，也遭受重大损失。与此同时，在闽北、闽东、闽中、闽粤边、皖浙赣、浙南、湘南、湘鄂赣、湘赣、鄂豫皖边、鄂豫边以及琼崖等地区，党组织和红军游击队也都紧紧依靠群众，开展了不屈不挠、英勇顽强的游击斗争。面对国民党当局频繁的军事"清剿"和严密的经济封锁，南方各游击区的红军和游击队采取灵活机动的游击战术和巧妙的斗争策略，同敌人周旋。他们经常出没于崇山峻岭和茅草密林之间，昼伏夜行，风餐露宿，艰苦备尝。在全民族抗战爆发后，南方八省保存下来的红军和游击队改编为国民革命军新编第四军（简称"新四军"），成为活跃在大江南北抗日前线的一支重要武装力量。本书收录的文章绝大部分是游击区红军和游击队将士亲身经历的事件和战斗，也有部分革命群众的感人回忆，真实记录了闽西、闽赣边、闽粤边、赣粤边游击区游击区的红军和游击队，在当地共产党组织的领导下，在人民群众的支援与掩护下，利用各种有利地形，与国民党军和地方保安团队的持续"清剿"进行斗争，很好地保存了南方革命阵地，积累了丰富的游击战争经验，牵制了大量的国民党军，在战略上配合了主力红军的行动，为土地革命战争做出了重大贡献，并为华中、华南地区人民进行抗日战争保存了骨干力量。

目　录

2

战斗在闽西[*]

何志远

　　1934 年 10 月，中央红军主力长征后，闽赣省军区将清流、泰宁、泉上（彭湃）等县的独立营，以及第一分区直属队和归化县保卫局的部队，合并组成独立第十八团，下辖4 个连，代号分别为东、南、西、北乡，继续坚持游击战争。第一分区机关改为团部，邱尚聪任团长，温含珍任政治委员，陈叶珍任参谋长，总支书记吴载文，我任特派员。独立第十八团组建后，打了许多胜仗，消灭了不少反动武装，并曾经威迫至沙县、将乐县城附近，因而受到闽赣省军区首长的表扬。

　　当时，环境恶劣，我们在经济上十分困难，但是仍然注意执行各项政策和群众纪律。一次，在沙县活动，部队报告缴到一船盐，人伙都很高兴，想马上分散给个人背上带走。

---

　　* 本文原标题为《战斗在闽西游击区》，收录时做了适当修改。

温含珍政委说:"你知道盐是谁的?搞清楚后再分。"并命令我马上去调查货主。当了解到盐是反动民团团总的以后,才决定将盐没收。

1935年2月,部队从江西石城县南部横江进入福建境内,向宁化北部转移,与敌人打了场遭遇战,政委温含珍负伤。当他伤愈返回时,部队正在宁(化)清(流)归(化)交界地区活动。一天下午,失去联系的闽赣省军区派来三个侦察员,他们化装成国民党军,送来一封放在水中能显现出文字内容的密信。温含珍看信后,说省军区指示我们前往德化以南寻找军区。我们决定执行军区的指示,立即找人了解情况,参照地图选定行动路线。当时,第十七团和闽赣省军区第二分区直属队,也与我们会合了,他们没有接到省军区的指示。经共同研究决定,三支部队统一指挥,一起行动,推选邱尚聪为司令员,温含珍为政委,负责领导工作,并将第二分区直属队并入第十八团,由第二分区的罗义辉任团长,罗步云任政委。

部署就绪后,部队开始向德化以南地区转移。4月,当我们辗转跋涉到大田县城附近时,了解到德化以南地区并无我军区部队,于是决定向南线转移。敌人穷追不舍,经过十多天昼伏夜行,5月下旬我们才转移到连城东南的人河祠,了解到独立第九团曾到这一带开辟新区,还见反动派筑有瞭望堡,同时了解到独立第九团已在岩连宁边区建立了游击根据地,龙岩、永安、上杭还有别的兄弟部队坚持游击活动,我们即决定向岩连宁进发，以期能与兄弟部队会合。

1935 年 6 月上旬部队到达龙岩万安的龙龟坑山沟里驻扎，首先与刘汉带领的红九团第二营会合，接着又在斜背附近看到了方方、罗忠毅同志。温含珍、邱尚聪、方方、罗忠毅等一起开会研究，主要内容由温含珍、邱尚聪向我们做了传达。邱尚聪和温含珍参加闽西南第一作战分区司令部的领导工作，温含珍任副政委兼政治部主任，邱尚聪任副司令员兼参谋长。十八团与九团二营一起行动，由邱尚聪和刘汉率领出击永安、清流交界的敌人后方；十七团与明光独立营一起行动，由温含珍、贺万德率领到连城南部、宁洋方向活动；方方、罗忠毅在司令部掌握全盘，在龙岩的万安、白沙、雁石交界的大罗坪、赤高坪、石城旗、蕉营坑一带开辟新支点。我随司令部来到了大罗坪一带。

经过一两个月的努力，司令部开辟了以大罗坪为中心的新支点，建立了几个党支部，组织了乡村地方游击小组，建立了一批联络点，建立了岩东北区委，由我担任区委书记。岩连宁县委、县军政委管辖的区委，除岩西北区委外，还有连城、宁洋交界一个区委，龙龟坑一带一个区委、上杭贴长一个区委等，还有县委、县军政委直接领导的一些党支部。岩连宁县军政委员会成立，主席由罗步云担任。

1936 年冬或 1937 年春初，罗步云不幸牺牲，岩连宁县委和县军政委员会的工作受到了较大的损失，闽西南军政委员会任命我为主席。经过一个阶段的艰苦工作，岩连宁的周边又得到一定程度的恢复，情况有了好转。

1937年3月的一天，闽西南军政委员会副主席谭震林来到万安一个小村庄的山寮里，召集会议，宣布闽西南军政委员会决定，成立龙岩中心县委，并做了工作指示。我从斜背出发，赶到开会地点，谭宣布温含珍（化名为老三）为中心县委书记，中心县委管龙岩、岩连宁县委（即军政委员会），中心县委成立后一个多月，岩连宁县军政委员会主席改由吴潮芳担任，我的职务是中心县委委员，负责统一战线，争取绿林武装，并分管岩连宁县委的具体工作。

争取土匪支持的工作，是统一战线工作的一个重要部分。1935年春，方方、黄治平通过关系，和土匪接触谈判，提出三个条件：一是不受国民党收编；二是不征收我们支点内群众的保护费；三是不强奸妇女、摧残群众。土匪都接受了，相互不侵犯，通过逐渐政育，争取让土匪做好事，支持我们。

1937年8月，闽西国共两党和谈成功后，岩连宁边区的红军游击队奉命下山，集中在龙岩白沙点编。改编后的番号是闽西抗日义勇军第一支队。

难忘的岁月[*]

温必权

1934 年 10 月上旬，中央红军和江西、福建军区领导的地方武装、独立师、团，坚持了整整一年的第五次反"围剿"战争，最后遭受失败。红一方面军撤离中央根据地，进行战略转移。福建军区领导的独立师、团，奉命留守中央根据地，在闽赣边领导开展游击战争。中共福建省委书记刘少奇也奉命随主力红军转移，省委书记由福建军区政委万永诚担任，我任福建省苏维埃政府副主席兼福建军区武装动员部部长。

省委为了全面展开游击战争，全力扩充武装，实行战时军事编制，从各县独立营抽调部分人员到军区第十九、二十团。各县成立游击司令部，我兼任长汀县游击司令部司令员，张鸿恭任政委。游击司令部有二三百人，有 3 个游击大

---

* 本文原标题为《难忘的岁月和血的教训》，收录时做了适当修改。

队。他们都分散在各地开展游击战争。

这时，国民党集中了第三、九、十、三十六、五十三、七十五、八十、八十三师等 8 个正规师，边开公路边筑碉堡，步步为营地向我苏区进攻。在敌强我弱的情况下，长汀县城于 11 月 1 日被国民党军占领。

10 月下旬，福建省委、省苏维埃政府、军区，从长汀县县城先后迁至梁屋头、东陂岗、四都。省级机关迁至四都，不但有供给的条件，而且有很好的群众基础。在这里坚持游击战争，进可攻，退可守。

1934 年底，省级机关和军区第十九、二十团及兵工厂、红军医院、被服厂等共 4000 余人迁至四都。在四都区苏维埃政府的领导下，群众非常热情，帮助解决困难，把粮食卖给红军吃，住房让给红军住。还组织人员到外地为红军采买粮食、日常用品等，使四都成了游击战争的大后方。

1935 年 1 月，国民党反动派对我红军游击队发动了第一次"清剿"，采用"以十换一就是胜利"的作战办法，向四都进攻。开始，军区十九、二十团还打了一些胜仗，消灭了不少敌人，后来暴露了我们的实力和目标，国民党便疯狂地组织第八、九、十、三十六师包围四都，企图把红军游击队困死在四都。

这时，张鼎丞、温仰春等人来到四都。按项英的指示，万永诚同意张鼎丞回杭、永、岩领导游击战争，但没给武装，而张鼎丞、温仰春、刘永生、范乐春、陈茂辉等迅速离开了四都，在杭、永边建立了游击根据地。

面对敌人的"清剿"，万永诚仍然坚持"保卫四都，等待主力回头"的方针，继续与敌人消耗。因此，2月份四都丢失了，人员减少到1000余人，1000多位战友为革命牺牲了，其中，闽西革命根据地创始人之一阮山、陆定一的爱人唐义贞（中央卫生材料厂厂长）等先后被国民党杀害。

1935年3月初，省级机关先后转移到谢坊、琉璃、汤屋、小金、乌泥一带。在琉璃村，毛泽覃主持办了一期"白区工作训练班"，并计划派出部分人员深入敌后开展地下活动。毛泽覃、罗化成又向省委提出建议："放弃四都地带，将部队编成几个支队，四处分散袭击敌人。"但是又被万永诚拒绝，仍然死守四都。

3月中旬，省级机关、军区十九、二十团仅剩五六百人。同时，省委与上级组织失去了联系，万永诚才组织召开军事会议，共同商讨军事行动，决定兵工厂、被服厂、红军医院的人员和器械化整为零，机关人员和部队再次实行战时编制，组成3支游击队，每队100余人，第一支队由龙腾云任支队长，第二支队由罗化成任支队长，第三支队由毛泽覃任支队长，计划向闽粤边的永定方向突围，试图与张鼎丞带领的游击队会合。

但是这个会议开得太迟了，这时游击队已陷入国民党军的重重包围之中。几次突围，人员伤亡惨重，留在深山老林的伤病员都因无法医治而死亡，已进入弹尽粮绝的处境。到

4月初游击队仅剩下 100 余人。9 日，在长汀腊口的分水坳再一次被包围。在分散突围中，万永诚、龙腾云率领部分游击队向武平方向突围；毛泽覃带一部分游击队向会昌方向突围；吴必先率一部分游击队向长汀濯田方向突围。为了保存党的机密，万永诚又命令，各人所带的枪支、材料、印章等都必须埋藏，剩余的钱全部发给每个指战员，如果突围分散后，各自再组织游击队，要相信红军一定会回来。

4月10日，万永诚率领五六十人，突围来到武平县大禾镇梅子坝大山中。由于连续几天大家粒米未进，饥肠辘辘，无法行走，万永诚自己全身浮肿，由两位战士架着走，也无法支撑。因此，计划隐蔽山中，派出人员下山寻找食物。在战士们急切地等待下山人员回来时，搜山的国民党部队又包围上来了。这时，万永诚虽然病重，仍然坚持指挥游击队突围。由于战士们不忍心丢下万书记，而迟迟不肯分散突围。当敌人包围快到眼前时，万永诚为了不连累大家和免遭自己落入敌手，毅然拔出手枪饮弹自尽，献出了宝贵的生命。司令员龙腾云、团长吴楚云和大部分游击队员在突围中壮烈牺牲。

毛泽覃带领的游击队转移到江西会昌田心附近，遭国民党军包围，在突围中 40 余名游击队员光荣牺牲，最后只剩十几人，转移到瑞金县安治黄鳝口，又被国民党军第二十四师第一团兵力包围，在突围战斗中毛泽覃壮烈牺牲。

吴必先、罗化成带领的游击队突围后，来到长汀县濯田乡园当村的鸡冠山。经数天休整，准备向江西会昌转移，在途中遇敌，全部被俘，押解至瑞金。吴必先因被叛徒出卖，暴露身份后，被押往九江，不久被国民党枪杀。罗化成、梁国斌等人在押回长汀途中的山箭脑，借口大便，滚下山崖，两人逃脱敌手。

至此，福建省委、省苏维埃政府、军区组建的游击队，在敌强我弱的形势下，加上没有及时地组织分散游击，导致在闽赣边坚持游击战争半年之久后而遭受失利。但战友们的鲜血没有白流，在毛泽东的正确路线指引下，中国革命最终取得了胜利。

龙岩游击队[*]

廖成美

1935年1月，我参加了龙岩红坊游击队。这时红坊游击队只有14人，我当兵两天就打了好几仗，有进攻战、遭遇战、退却战、反击遇击战。经过这几仗后我就成为一个"老兵"了，后来部队移驻东肖区隘头村。上级决定将龙岩游击队改称为龙岩游击第一大队，红坊游击队编入龙岩游击第一大队。

1935年春节过后不久，龙岩游击第一大队配合红八团从漳平县朗车运动到杨梅坪，在岩漳交界的铁鸡岭，打了一仗，击溃了龙岩、中甲方面来的国民党军第八十师1个团，歼敌100余人。

三四月间，由龙岩失守时转移到汀州一带的部分难民在河田组建的一支100多人的游击队，经过长途跋涉，艰苦奋

＊ 本文原标题为《回忆龙岩游击队》，收录时做了适当修改。

战，回到龙岩，几经消耗，此时这支队伍仅存三四十人。上级决定将其改编为龙岩游击队第二大队。全队有 2 个排 4 个班共五六十人。

5 月的一天，龙岩传来曾任县工委主席的陈金才追随朱森叛变投敌的消息。我们部队驻扎在外陈山时，陈金才的弟弟陈仁竹诈称回铁石洋家里看看，结果一去不返，也叛变投敌了。陈金才叛变投敌后，经常给敌人带路搜山，开"黑名单"捕人，破坏我们党的组织和地下交通站点，给革命事业造成严重损失，人民群众无不恨之入骨。因此，县军政委员会早有捕杀这个可耻叛徒的布置。6 月，龙岩游击队第二大队在中甲活动，地方党和群众向我们反映说：陈金才这条国民党的走狗又来了。这次陈金才又带领国民党军到中甲"追剿"红军游击队，摧残革命基点村。地方党组织通过内线获悉他要返回龙岩城，便赶来和游击队领导人共同研究，制定了作战方案。龙岩游击队第二大队 40 多人在从中甲至龙岩城的必经之地马山设伏。20 多名敌人进入埋伏圈，被我军游击队一举歼灭。陈金才也被我们击毙，为人民除了一害。

6 月，龙岩游击队第一大队在十八乡改编为龙岩独立营。经常在龙岩活动的，还有岩南漳游击队，这支游击队以龙岩象山游击组为基础于 1935 年五六月间组建，归岩南漳县委直接领导和指挥，起初只有十余人。我于 1935 年 6 月从龙岩游击第二大队调该队任司务长，后任特派员兼党支部书记。后来这支游击队逐渐扩大到六七十人。

1935 年下半年是红军游击队最艰难的时期。国民党大军压境，对游击区进行"驻剿""围剿"，移民并村，实行"三光"政策，天天搜山。红军游击队为了减小目标，保存力量，只好化整为零分散活动。

这时国民党军吹嘘说红军游击队被他们消灭了，驻龙岩城的第二"绥靖"区司令官李默庵还准备举行祝捷大会。红八团邱金声团长听到这个消息，十分气愤，亲自带侦察班和岩南漳游击队挑选的几个人，乘夜奇袭龙岩城西桥头国民党陆军第十三医院，大长红军志气，大灭敌人威风，我参加了这次战斗。

1936 年 1 月，红三支队、龙岩游击队第二大队和岩南漳游击队在漳平朗车村头整训，将龙岩游击队第二大队和岩南漳游击队合编为一个独立营，归红三支队指挥。原龙岩游击队第二大队编为第一连，我任指导员。

部队整训完毕，独立营向岩西北发展。第一仗是打国民党税警武装。那天，当我们得悉龙岩城一税警武装十余人去铜钵，便埋伏在铜钵到龙岩城的大路两旁，待税警回城进入伏击圈时，我们突然出击，俘敌七八人、缴枪七八支。随后部队进入岩西北地区，配合地方党组织开展工作。不久又和岩连宁军分区取得联系。

第二仗是打小池镇黄畬村民团。黄畬民团有十六七人，他们白天驻在逃亡地主吴月香家的大瓦房里，晚上撤出据点分散住宿。掌握了他们的这一活动规律后，我们决定虎穴摘敌。9月的一天夜晚，天色漆黑，营政委王荣春率领第一连悄悄摸进民团住处隐蔽起来。第二天天刚放亮，团丁们陆续回院了，当早饭号响后，团丁吃饭时，我们迅速冲了进去，把前后门堵住，敌人猝不及防，一个个束手就擒。我们当场宣布愿回家的回家，今后不许再当民团，否则抓住绝不客气，愿当红军的就跟着我们走。结果有三个人参加了红军游击队。

敌人第三期"清剿"期间，白土镇上驻有国民党军独立第三十七旅1个营，还有白土民团。他们盘踞在几座炮楼里，经常出动十几人到冷水坑、后田、肖坑等基点村骚扰。县军政委员会、东肖区委领导群众坚决斗争，烧毁了一些碉堡，并布置各基层党支部发动群众分粮度春荒。我们三分区部队在朗车整训完毕后，秘密开到了冷水坑，因此，县军政委和东肖区委决定，利用敌人情报不灵和骄傲麻痹意识，采取引诱伏击战术，消灭白土敌人。我们独立营的任务是，小部分负责诱敌，大部分和红三支队一起埋伏。我们派出十几个龙岩籍的游击队员到敌碉堡附近射击，敌由于多次吃亏，起初不敢追出来，但连续几次见没什么风险，胆子渐渐大起来。他们以为红三支队远在永福，白土只不过是地方游击队在小打小闹，企图一举清灭之。几天后，正值白土圩日，拂晓，我们游击队和红三支队就在龙聚坑双生公厝附近三面山上和沿路旁设伏，并布置黄邦、田洋党支部剪电线，及时切断白土与岩城、红坊敌人的通信联络。同时照常派出小股游击队到圩场附近的铁山庙鸣枪诱敌。敌独立三十七旅1个连和白土民团、镇公所、税务所和省土地督察员，以及叛徒朱文昭等倾巢而出，拼命追击。这100余人的杂凑队伍进入伏击地域后，红军游击队集中火力猛打猛冲，击毙叛徒朱文昭、省土地督察员、马连长等17人，俘虏70余人，缴获长短枪近百支。与此同时，东肖区委领导不脱产的各村游击组，乘胜焚毁了炮楼10座。白土民团在这次战斗中被歼殆尽，此后半年多时间，白土区的主动权都掌握在红军游击队手里。

1936年6月，龙岩独立营奉命改编为中国工农红军闽西南抗日讨蒋军第二支队，归第一作战分区指挥。1937年1月，由岩南北县委领导的龙岩游击支队在江山一带活动，我奉命调任这支游击队的政委。我到任时，有三四十人。

1937年春，岩南漳军政委员会撤销，原所属游击队归龙岩军政委员会领导，军政委员会机关设在石粉岭东头盂。此时还有一支二三十人的游击队和我们一起行动，也驻扎在东头盂。县委决定把这支游击队并入龙岩游击支队，并把原龙岩独立营营长李炳和调任支队队长，我仍任政委。合编后的龙岩游击支队下辖两个排，有六七十人。3月4日，部队进驻谢家邦，李炳和麻痹轻敌，仅带几个武装前往陆家地，突遭铁山叛徒林守钦、黄水海带领的敌军一五七师一部包围袭击，李支队长不幸牺牲。3月间，支队奉命开赴岩连宁地区配合红一支队第二大队行动，由红一支队副队长詹昌坤负责指挥。4月，部队活动到漳平境内矮头山，和由漳平城窜来的国民党广东军、保安大队的两个团兵力打了一仗，红一支队第二大队副队长倪焕祥和谢正春等 16 位同志阵亡。部队被围困在山上，直到第三天拂晓才以少量便衣侦察和化装成国民党的一个排突出重围，急行军穿越白区，返回岩西北斜背村时，已经是 5 月了。

1937 年 8 月，浴血奋战三年的龙岩游击队和其他兄弟部队一道奉命下山，到龙岩白沙参加点编，改编为闽西抗日义勇军第一支队第一大队，编三个连，红一支队和龙岩游击队为第一连。后又编入新四军第二支队三团一营，成为抗日烽火中屡建战功的一支劲旅。

密林深处打游击

郑贵卿

1934 年 10 月中央主力红军长征，我所在的警卫连编入闽赣军区第十二团留守建宁，我担任二连连长。在一次战斗中我头部负了重伤，在宁化医院治疗不到两个月，伤未痊愈，就出院到闽赣军区十七团二连当连长，在宁化东北一带御敌。后来我们与军区机关失去联系，十八团在前开路，十七团在后跟进，向德化方向转移。我们在溪口北面的山里又遇上敌人，战斗中有的牺牲，有的负伤，部队打了一阵，便各自为战，到山上丛林里隐蔽，以游击战进行坚持，以等待时机决定下一步行动。

团部秘书、文书照顾我，在密林里养伤。我们几个人在连城龙岩交界的御花十八洞转了几天，靠野果充饥。不久，遇见了方方派来寻找十七、十八团失散同志的队伍。

1935 年七八月间，我的伤好了，方方和罗忠毅找我谈话，让我担任岩连宁游击队长。1935 年底，是三年游击战争最艰苦的岁月。为了保存革命力量，我们游击队不能正面与敌人战斗，只能采用小股、分散的办法，在敌人包围圈里纵横穿插，与"清剿"的敌人捉迷藏、兜圈子。白天，我们三两个人一组，隐蔽在半山腰的悬崖陡壁上，当敌人搜到面前时突然给予袭击，保证打一枪消灭一个敌人，打了就跑。这样打了几回，敌人害怕，只在山顶和山沟里架起机枪，朝悬崖绝壁和密林丛莽深处乱扫射，我们不理睬他们，从容地藏在岩缝里、藤蔓中休息。

晚上是游击队行动的时候，但也有危险，因为进山"围剿"的敌人，在山头上、山路口、山坳里，安有岗哨和瞭望哨，埋伏着民团、搜索队。为了避开敌人，我们就在流水的山溪里走，不留下脚印；雨雪天就把鞋倒绑在脚上，脚印是反的，把搜山的敌人引到相反的方向。

从溪口到雁石有条商路，常有商人挑着烟、酒、布匹等货物来往。有时，我们就下山拦住商贩，购买一点布匹、烟酒。不过，这既危险又困难，因为敌人常在沿路埋伏，有时故意伪装成商贩引诱我们，而且土匪常拦路抢劫。

在这种情况下，游击队的吃、穿、住、用都很困难，当地党组织发动可靠群众，利用上山打猎、砍柴的机会，把随身带的口粮送给我们，在移民并村时埋一些粮食让我们去取，但数量都是有限的。我们经常好多天吃不到一粒米，靠山上的竹笋、香菇、杨梅、鸟蛋、苦菜度日。

在山上，我们用竹枝、茅草搭山寮住。敌人搜山的时候，我们时而在这条山沟隐蔽，时而在那座岩后藏身，常睡在枯草、树叶堆上。下雨天，就撑一把雨伞，坐在大树下面，尽管没房没床，但人很疲倦，坐在树下，一闭眼就眯着了。为防止敌人偷袭，不能睡囫囵觉，我们就在脚趾缝里点一根香，人睡着了，香慢慢燃烧，烧到脚趾痛，人就醒了，赶忙又换个地方休息。有时一个晚上换几个地方睡觉。

渐渐地，我们在山林里站稳了脚跟。为了打击敌人的嚣张气焰，增强人民群众的革命信心，1935 年底，方方、罗忠毅决定由一些老侦察员和连排长组成一支别动队，共 20多人。邱尚聪为队长，分 3 个分队，我当第二分队队长。别动队素质好，队员都带短枪，战斗力强，机动性大。任务是在岩永连三角地带活动，寻找机会主动打击敌人。

别动队和红一支队刘汉带的一个连队，连夜长途奔袭驻在龙岩白沙东面的漳平民团和敌第五十二师的 1 个营。我们把敌人炮楼团团包围，用火烧毁，消灭了几十个敌人。接着又袭击龙岩溪口镇公所，缴获了许多枪支弹药。

有一天，一个青年跑上山，向我们控告当地联保主任霸占了他的妻子，愿意带领我们，连夜去抓联保主任。我们派人去侦察，证明情况属实。于是，别动队连夜赶到那里，在一座独立小屋门口击毙了联保主任，解救了这个青年的妻子，还缴获了枪和怀表，并以红军游击队的名义张贴布告。后来，这个青年当了我们的地下交通员。

1936 年六七月间，邱尚聪带领我们 6 个别动队队员，前往岩永靖游击根据地。我们 7 个人化装成老百姓，由交通员领着，从龙岩溪口到白土经后田到适中，进入第三支队的中心基点村——南靖县上、下科岭。

龙岩、永定、南靖三县边区一直是红三支队坚持武装斗争的根据地，两广事变爆发后，福建蒋系军队进入广东作战，闽西南军政委员会命令红三支队改变过去的分散游击形式，集中兵力，截击蒋军入粤部队。支队队长邱金声认为这个命令不妥，拒不执行，被错误地撤去职务，支队政委伍洪祥也同时调走，而以阙树槐和邱成贤分任支队队长和政委。但是，两广事变没有多久就平息了，粤军入闽"进剿"红军。红三支队仍按前段集中兵力作战，造成了较大损失。

因为蒋军主力回师"清剿"，广东军也来进攻，我们的部队改为分散活动，第一、二大队在永定坎市、苦竹一带，第三大队留在上、下科岭一带。其间，张鼎丞、谭震林随我们第三大队活动了一段时间。

当时，敌人经常分三路联合进攻上、下科岭，南靖之敌从梅林、长教来，龙岩之敌从适中来，永定之敌从坎市来，每次以一个方向为主攻，另两个方向为助攻。敌人分成几路齐头并进，沿山路逼近，我们就钻敌人的空子，根据地方党组织和交通站送来的情报，打击弱小的敌人。当然，有时也出其不意，伏击主攻方向的来犯之敌。

1937年2月10日，我带着3个排长和20多个战士，化装成商贩，去打长散的民团。这个民团比国民党正规军还凶残，他们熟悉地形，对我们危害很大。而且他们很狡猾，除了配合国民党正规军进山"清剿"外，平常都躲在碉堡里，只有逢圩时，他们才出来征税。所以这一次，我化装成老板，沈开润长得胖，化装成账房先生，朱洪连身材苗条，化装成小姑娘，润广昌等都化装成买卖人。大家藏着短枪，穿着长袍短褂，有的挑，有的抬，随人群进了长散街。长散的民团头目叫简昌时，他有30多条枪。当我们进街时，一个民团团丁看到化装成姑娘的朱洪连，嬉皮笑脸地来拦阻，朱一枪结果了他，枪声一响，街上大乱，我们乘乱冲进简昌时家，可惜他去南靖了。我们只消灭了几个民团团丁，缴了几支枪、一些子弹和钱。

同年4月，敌人又兵分三路来进攻上、下科岭，我们布置适中游击队和1个排分别对付龙岩适中和永定坎市来的敌人，另2个排负责对付南靖梅林来的敌人。地方党组织给我们提供了准确情报，适中来敌是粤军1个营，加上长教、梅林等地的民团，共1000余人，图谋在凌晨发动突然袭击，一举消灭我们，占领上、下科岭。我们把部队分成许多个小组，分散埋伏在下科岭到双溪的小路两边，那时，小路只有脚板宽，两个人并排走不了，小路傍着河沟，两旁是几人才能合抱的粗大树木和藤蔓，便于我们隐蔽。当敌人深入我们的伏击圈，全大队各个组一齐打响，到处射出子弹，每个人打一枪换一个地方，把敌人打得晕头转向。晚上敌人驻下来，我们陆续派出游击小组去袭扰，使敌人不得安宁。这次，敌人"扫荡"了三天，我们共消灭了四五十个敌人，自己只有一人轻伤。在我们灵活机动的游击战打击之下，敌人非常害怕，只好撤走了。

这样打了几回，敌人对我们没有办法，就悬赏通缉我们。侦察员捡回来的通缉令说："抓到游和顺赏光洋3000元，抓到郑贵卿赏光洋5000元，打死游和郑各赏光洋1000元。"同时，从我们内部寻找叛徒，企图杀害我们。

我们大队文书阮耀坤，面对强大的敌人和艰苦的斗争立场动摇了，敌人收买他，条件是打死我，委任他为坎市的区长。我开始不知道这个情况。有一次，他报告说坎市有一个大土豪，他熟悉情况，愿意带我们去抓，我相信了，就带了一个排和警卫员一起出发，他在出发时，提出要支枪，因为我们的枪支弹药紧张，他平常又很少参战，就给了他一支撞针断了的坏枪。一路上，他在我身前身后，假献殷勤，缠着让我教他学打枪。到了坎市一看，根本没什么土豪可抓，只好回来，他显得很慌张。这时，地方党组织把文书被敌人收买的情况告诉我，我们便把阮耀坤叫来审问，他供出了敌人布置给他的任务。当然，对于这个叛徒，我们是不会留情的。

1937年1月，第二支队支队长阚树槐和政委邱尚聪带着第一、二大队，转移到龙岩南阳坝一带去打游击。临行前，谭震林也来了，他和支队首长指示我继续带领第三大队，在上、下科岭一带坚持。阙树槐和邱尚聪他们前进到永定寨背炉时中敌埋伏，支队部和2个大队被敌人打垮，阙树槐和邱尚聪牺牲，只有百十个同志分散冲了出来。军政委员会临时任命我为第三支队支队长，游和顺为支队政委。

除了部队一些同志牺牲，许多支持我们的群众也为革命献出了生命。下科岭村的王宪荣，常为我们买药、买布，有一次，他到苦竹为红军购买物品，被敌人发觉抓到龙岩，受尽严刑拷打并被杀害。

不管敌人多么残忍，革命人民始终心向共产党和红军游击队。敌人"清剿"时，把上、下科岭基点村的房屋烧了，粮食、耕牛、农具抢走了，群众生活很苦，吃野菜，睡草堆。可是，他们仍千方百计从适中买米、买药，甚至买烟送给我们，在物质上和精神上都给予我们极大的支持。

1937年8月初，我们到铁石洋整编，和永定游击队的1个大队合编为1个营，营长是陈麟振，下设七、八、九连，我为八连连长，3个连加上营部，总共不到400人。1937年8月底，我们开到白沙参加点编。后来，由于我们三营营长陈麟振开了小差，上级又任命我为营长。

1938年春节过后，我们这些由红军游击队改编的新四军健儿，背负着民族的希望，满怀豪情，浩浩荡荡地北上抗日了。

军民鱼水情

王　胜　姜茂生　林辉才

1935 年的夏天，我任红八团副团长兼参谋长。由于龙岩十八乡的群众长期受到反动军队的凌辱、压迫和欺骗，我们红八团第一次进入十八乡时，群众全都跑光了。那时正值收割稻子，恰逢下雨，指战员看见稻子还晒在谷场上，就帮群众收藏谷子，还替群众喂猪喂鸡，在群众家里煮水烧饭，也按价付钱，并留下书信，以表感谢。

十八乡是龙岩外山的 18 个村庄，这里的人民，长期过着暗无天日、牛马不如的生活，经常遭受从城里开来的反动军队的奸淫掳掠。所以每个村庄，当大忙收割时，都要轮流派一人至二人在村头高岭上放哨，如看见荷枪实弹的兵，都以敲锣击竹告警，全村人上山躲避。

这次群众看见红八团大队人马入村时，因不知道情况，以为又是敌人来抢掠，照例早跑光了。红八团经过十几个村子，最后来到狮子村，仅有十来户人家，也都跑光了。我们从一座破楼门口经过时，突然屋里传来一阵小孩子的哭叫声，邱金声团长和通信员进去一看，屋里只有一个三四岁的小孩，两手紧抓住楼梯的栏杆，光着屁股号啕大哭，眼看就要从三四米高的楼上跌落下来。邱团长飞身上楼，把小孩抱出来，用口杯泡了炒米糊喂他，不一会儿，小孩吃饱了也不哭了。因为我们部队还要赶路，不能在此久留，最后邱团长命令两个战士在那儿照顾小孩，等候主人，我们大队因赶路便先走了。

不久主人回来了，原来这个小孩是一户穷人家的孩子，共有兄弟姐妹八个，小孩的爸妈听到"兵"来了，慌忙带着七个孩子先后逃上了山，忘了这个小孩还在被窝里睡觉。战士问明情况后，双手把孩子交还主人，主人激动得热泪盈眶说："多子多女真苦呀，长官，你们是哪路来的军队？我盘古开天头一回见到这么好的兵啊！"红军战士回答："我是人民子弟兵，叫红军，是红八团的。"群众都围拢前来说："红军，多好的红军啊！"

这件事很快就在十八乡传开了。红八团第二次去时，群众不跑了。第三次去时，群众不但不跑，还拉战士在家里住，杀鸡宰鸭，送米送菜。

闽西三年游击战争中，红八团在攻击敌人主力时，处处从群众利益出发，事事从群众的安危着想。有一次，我们两个侦察员深入虎穴侦察敌情，因叛徒出卖，被敌追捕，跑到东坑村一家接头户家里，躲在柴草堆下。敌人强迫全楼数个群众交出侦察员，群众宁死不从，最后敌人兽性发作，要点火烧楼。侦察员在这千钧一发之际，为了保护群众的利益，毅然挺身而出受捕，从而保护了 10 多户群众的安全。

1935 年 8 月初，更加猖狂、更加残忍的第二期"清剿"开始了。敌人不仅占据了城镇乡村，而且对山区特别是偏僻村庄，实行"移民并村""碉堡政策"和惨无人道的"三光政策"。据岩、永、杭等地区不完全统计，当时被敌人强迫移民的就有 510 多个村庄，被烧毁了 8000 多栋房屋，被抢去 1 万多头耕牛，被杀害的无辜群众达 1 万多人，被关押殴打的达 10 余万人次，被杀害的革命烈士 4000 多人。

闽西儿女，在最艰难的日子里，在最困苦的时刻，体现了无产阶级深厚的革命情谊。龙岩后田村女共产党员、支部书记张溪兜同志，红八团一进村，就日夜发动妇女筹购布料，建立红军被服厂，仅 3 个月的时间，就为红军赶制了 600 多套军衣。白天还替红军买油买盐，到外地探听敌情，回来往往夜半三更，还赶缝棉衣做军鞋。

尽管敌人绞尽脑汁，企图破坏我们的党群关系、军民关系，但总是"竹篮打水一场空"，终归于失败。因为他们执行反人民的反革命政策，没有群众的拥护。而我们与广大人民群众，同呼吸共命运，血肉相连。

著名女英烈陈客嫲，在 1934 年夏的一天，为了掩护闽西特委的同志在她家开会，假借在屋门口补衣裳秘密放哨，忽听村头有人叫喊："牛吃麦子啦！牛吃麦子啦！"喊声一个接一个，大人小孩都喊起来。她大吃一惊，只见敌军已闯进村中，她也机警地叫喊："牛吃麦子啦……"原来这喊声是村里群众早先约好报告敌情的暗号。特委的同志听到喊声，立即从后门上了山，安全脱险。陈客嫲却被捕入狱，受尽百般折磨，但她始终坚贞不屈，视死如归，后于1937年再次被捕时被敌人残忍杀害。就义时，她痛斥敌人："我不怕死，只要有红军在，就会为我报仇。"

为了粉碎敌人对红军的封锁和"围剿"，闽西人民千方百计地进行针锋相对的斗争。许多革命基点村的群众，在我军极端困难的时刻，创造性地发明"串担装盐""双层粪桶装米""大蒲包装饭"等20余种巧妙办法，越过封锁线，给红军送吃的，支持红军游击队；有的还送鸡、送蛋、送肉、送菜，接济伤病员。许多红军战士，目睹人民群众的深情厚谊，无不感动落泪，更加鼓舞了英勇杀敌的决心。

更为可贵的是后田、李家山、东坑等地的许多党员群众，因生活困苦，无钱交党费，就自觉地把自家的盐巴、咸菜、地瓜等产品当作党费，交给党支部转送给山上的红军。后田村一位女党员，过中秋节娘家送给她家一斤红糖也舍不得吃，准备化装上山扫墓送给红军伤病员，在她打扮时，她的小女儿从篮里拿了一小块糖吃，被她打得哇哇人哭，这个普通党员爱护红军胜于爱护自己的儿女。

龙岩后田一个年轻女红色交通员，父母在海外很有钱，她以华侨身份，长期掩护邱金声团长的秘密活动，后因叛徒朱森告密被捕，她受尽摧残，但丝毫不泄露党的机密，表现出对党对红军无限忠贞的本色。

军爱民、民拥军，军民在战火中结成的血肉之情，是敌人采用任何残忍手段也割不断的。广大人民群众对子弟兵的无限热爱和无私的支持，更加激发了指战员顽强奋斗的精神，使我们经受住了最严峻的考验。没有粮食，冬天吃野菜、山果、香菇、竹笋，夏天吃田鸡、"石娘"、田螺。没有炊具，就用脸盆、竹筒烧饭。正是由于广大人民群众的大力支持和支援，我们才挺过了三年游击战争艰难的岁月。

1938年1月，闽西南红军奉命集中到龙岩白土，宣布番号，调整编制，发布赴抗日前线总动员令。3月1日，闽西人民子弟兵，终于实现了开赴前线抗日的夙愿，告别了乡亲，告别了可爱的家乡，离开了洒遍自己血汗的土地，结束了三年艰苦卓绝的游击战争，踏上了抗日的新征途。

红军主力长征后[*]

郭如岳

1934年10月红军主力长征出发前，中央对中央苏区以后的斗争做出了部署。在党的领导方面，成立了中央分局，以项英为书记；在行政上成立了中央政府办事处，以陈毅为主任；在军事上成立了中央军区，以项英为司令员；在各省、县都留下了干部领导与敌斗争。我因生病，身体虚弱，不能随军长征，红军总司令部电令我到雩都（今于都县）中央军区司令部项英司令员处报到。

我到了雩都，项英任命我为中央军区司令部第一科（作战科）科长，严重为第二科（情报科）科长，龚楚是中央军区参谋长。和我们住在一块儿的有项英、陈毅、龚楚、瞿秋白。

我在这一段时间中，学到了许多实用知识。项英、陈毅

---

[*] 本文原标题为《红军主力长征后中央苏区的斗争》，收录时做了适当修改。

28

在夜间闲谈中，曾说过他们在上海开展秘密工作的方式方法。第二科科长严重，能把敌人半月换一次的密电码本猜译出来，每次收到敌人的电报，他都能猜译。

红军长征后，蒋介石把围攻中央苏区的"进剿军"改为"追剿军"，对长征红军进行追击。在中央苏区留下了陶峙岳、宋希濂两部共6个师的兵力进行"清剿"。

敌人对中央苏区的"清剿"极为细致，山坡、沟壑、崖洞、地窖都要搜索，老人、妇女、儿童、青壮年都被抓去送收容所。对苏维埃的负责干部则从收容所送南昌监狱，或者送集中营、感化院。当时的斗争是异常残酷、艰苦的。

1935年2月间，形势已非常紧张。在中央分局、中央军区的指挥下，部队和机关人员开始分路从雩都出发突围，到各地开展游击战争。最后，项英司令员决定率领红二十四师的第七十团突破敌人的包围圈，向福建的上杭武平山区行动，与张鼎丞等同志联系，配合行动。出发前，项英命令我到七十团任参谋长，他和第二科科长严重携带电台在后面跟进。我们团在大雨中经一夜行军，渡过会昌城西南边的安远河。过河后，队伍集结在一起，等项英他们的队伍到来，但一直未等到。于是，我们派便衣小组回去联络，天亮时报告说没有联络上。当时，周建屏、杨英（他们分别兼任红七十团团长、政委）和我研究下一步行动。我们考虑到部队已被敌人包围，必须赶快离开此地按原计划到福建去。因此，我们就带部队过会昌东边的一条河去福建，不料一夜大雨，河水暴涨，不能徒涉，只好往回走，再渡安远河回雩都境内，然后向安远、三南一带活动。但是，安远河也不能徒涉了。

部队在大雨中一夜行军，已十分疲劳，又陷入两河之间的狭小地区内，只有南面天门嶂大山有一条路。于是，部队即向天门嶂前进。第一天，到达天门嶂地区时，部队遭到敌人截击，伤亡失散过半。第二天，敌人派大部队沿山脚形成严密的封锁线。第三天，敌人开始"清剿"。他们组成以班、排为单位的小部队，沿山沟、山脊齐头并进，慢慢向山头逼近。山脚下到处是密集的枪声、喊杀声、喊捉声……我们部队一面阻击抵抗，一面向天门嶂退去。入夜，部队伤亡逃散已尽，仅剩周建屏、杨英和我，连警卫、勤务、通信员都没有了，我们只好乘夜在山头隐蔽下来。

突围出发时，我们带了三天的干粮。由于连续行军作战，干粮吃完了，肚子饿得咕咕响。第四天，我们在天门嶂顶峰下一个山洼里休息。不知怎的，正当我们似睡非睡之时，敌人突然从山顶上向我们俯冲射击。在敌人出其不意的袭击下，我们钻进茂密的茅草中，各走一条路，失掉了联系。这茂密的茅草为我们躲避敌人的搜捕提供了极好的条件，但却给我们的联络带来极大的困难。夜深了，枪声停止了。我在茅草中来往摸索着，低声呼唤"周、杨，我是郭……"一夜过去了，始终没有得到回声。山顶上，就剩下我一个人了。

第六天，我小心地爬到山脊上远望，只见敌人分散的小部队，还在沿山脊上上下下搜索，不时打冷枪，我只好继续爬回茅草丛中隐蔽。肚子饿得慌，就拔一些嫩草，去掉叶片，把嫩秆捏成小粒吞下肚去充饥。肚子中有点野草舒服了，但口渴得难受。第七天，山上已看不见敌人，也听不到枪声了。我想，今天可能敌人不来搜山了，便拖着疲惫的身体，慢慢地爬向山下，想喝一顿饱水，充饥解渴。爬爬歇歇，歇歇爬爬，终于爬到山脚的水沟边。看到淙淙流着的清泉，心中无比喜悦，俯下身子一气喝了个饱。然后我把身上的枪支和银圆找了个地方埋了起来，便闭目仰卧，就算是养神吧。

不知过了多久，突然听到我身边有脚步声，睁开眼一看，见是三个便衣，手持驳壳枪，站在我身旁。他们发现我没有死，用枪对准我喊："跟我们走！"我慢慢地站起来，支持不住，又倒下去了。敌人没法，只好架着我走了五六里路，到了一个只有几户人家的小山庄，我被扔在一个小院里。一会儿，来了一个便衣，问我吃饭吗？我点头，他端来一盆米饭，还拿来碗筷。我想，反正都是死，饿了五天了，吃一顿饱饭再死吧，便狼吞虎咽地吃了个饱。刚吃完饭，一个军官模样的人来对我说："出发时给我们带路。"我点点头。一会儿，又来了一个军官样子的，问我姓名、职务，我说："姓郭，叫郭守康，是士兵。"谁知过了一会儿，有一个小孩从远处望了我一会儿就走了，小孩走不久，一个敌军官走来对我说："你不是士兵，你是参谋长。"我没作声。

他又说:"那小孩认识你。"我只好承认是参谋长郭如岳。他接着说:"你们的政委杨英被我们打死了,头割下来挂在那里呢。"

就这样,我在敌第八师师部关押了三个月。后来,敌人派专人将我押送到宁都,1935 年 9 月间送到南昌,江西省保安处的军法处以"危害民国罪"将我判刑 15 年。第二次国共合作后,我才被释放出来。

严峻的考验[*]

唐继章

1934 年 10 月,主力红军组成野战部队,离开中央苏区突围转移。我留在中央苏区总政治部当通信员。当时,敌人疯狂地向我军中央苏区进攻。到了 1935 年 2 月,我们的部队和机关被围困在雩都南部地区,形势十分严峻。为了保存革命的有生力量,中央分局决定将所有的机关干部和红军部队分成几路,突出重围,坚持游击战争。

中央分局书记项英、中央政府办事处主任陈毅和中央军区政治部主任贺昌,领着我们这些留下来的少数机关工作人员,随同红二十四师的七十团行动。突围前,我们这一路进行编队,我随中央军区政治部宣传部部长李翔梧(他原任红军总政治部宣传部部长)、中央军区政治部破坏部(后兼组织部)负责人袁血卒、破坏部干事何侠等同志,编在第四大

---

　　* 本文原标题为《严峻的考验——忆从雩都南部地区突围前后》,收录时做了适当修改。

队。我们这个大队约500人，任务是突破敌人设在安远河边的封锁线，占领会昌天门嶂山区，掩护项英、陈毅等同志所在的大队突围，待形势开展后在粤赣边一带成立军政委员会，坚持游击战争，并决定由李翔梧任党组书记，袁血卒、何侠都是党组成员。

3月上旬的一天，贺昌和袁血卒同志分别做了突围动员后，我们就从雩都南部的上坪山区出发突围。贺昌同志带一个大队先走，我们大队在后。天黑前，我们渡过了安远河，到达天门嶂。天门嶂山高林密，敌人布有重兵。我们同敌人展开了激战。朱连长不幸被击倒牺牲了。

李翔梧部长和一个班长冒着敌人的炮火，马上扛起机枪转移到另一个阵地继续向敌人射击。袁政委（袁血卒同志曾任红军特科学校政委）这时正在正面指挥部队，阻击敌人。

我们500多人，牙没沾米，口没进水，顽强地抗击着敌人，打退了敌人多次进攻。快到天黑时，敌人又从三面上山包围了我们。在激战中，我们的同志有的英勇牺牲，有的被敌人分割。我和另外四名战士，紧紧跟着李翔梧和袁政委，最后就剩下我们七个人在一块儿了。

夜幕降临，敌人放火烧山，接着又向山上吊炮。袁政委借着火光，察看了地形，然后带着我们在硝烟里向安全地带转移。后来，我们在石崖下的水沟边发现了一个石洞，这里背着敌人，又有乱石茅草遮挡，是一个安全处所。这一夜，我们就在石洞中隐蔽下来。

此后三天，我们白天找石洞水沟隐蔽，晚上摸索着寻找部队和失散的同志。饿了就嚼些草根，渴了就喝几口冰凉的溪水。

又过去两天，我们仍在原地打转，寻找突围的道路。这时，除了我身上背着的突围前组织发给的两包火柴、半两食盐、小小的一瓶糖精和一些银圆外，没有任何可以充饥的东西。看到两位首长也同我们一样嚼树叶，心里觉得很难过。

到了晚上，我们五个战士，都请求首长同意我们中派一人在天亮前去找一点食物。首长就派了陈松林同志去执行这个任务。不料，被敌人发现，陈松林不幸中弹牺牲。

当晚，我们改变了行军方向，继续突围。不久，便来到一个山谷口。在朦胧的月光下，我们隐约看到谷口有棵还没有长叶的树，树杈口好像有个哨兵模样的人，抱着枪在打瞌睡。袁政委低声地说："唐继章、钟伟生，你们爬过去，摸掉他！"

我和钟伟生爬过去，我一看树不高，猛跳上去，一把抱住那个握枪的人。原来是一具僵硬的尸体，而且是我们自己的同志。我心里一阵难过，小心地将尸体从树杈上抱下来放在地上，向他深深地鞠了一躬。

两天后的一个晚上，我们在突围途中发现前面有一个有顶无壁的茅棚，乘着月色看去，里面好像还有几个人影。我们马上分散隐蔽，观察了一阵，不见有什么动静，我便同钟伟生同时匍匐前进，摸到茅棚近处，忽然一跃而起，持枪对着人影，低声喝道："不许动！"

等我们走近一摸，原来是几尊菩萨，身上还裹着几件衣服。我们向首长汇报了情况。他们也来到茅棚。李部长摸摸我们身上，诙谐地问："你们冷吗？请大慈大悲的菩萨'借'几件衣服给你们穿吧。"

我们听完，笑着把菩萨身上的衣服"借"了过来。

这一夜，我们终于走出了原地，到了国民党统治地区。天快亮了，我们找到了一个山坑，准备隐蔽。说也巧，就在这个山坑里有一栋土屋子，里面无人，屋角还剩下一些烂红薯、烂芋头。大家美美地吃了一餐，然后关上大门，上楼休息。几天几夜连续突围，大家疲倦到了极点，倒在楼板上就睡熟了。

可是，等我们醒来时，却听见了打门的声音。我伸头一看，只见足有三四百人之多的地方反动武装，已把我们团团包围了，为首的一个戴着礼帽的家伙，竟在吆喝着要我们缴枪投降。面对严重的敌情，袁政委说："莫看他们人多，都是脓包。我们居高临下，打死他一个够本，打死他两个，赚一个。战斗打响后，听我的命令，迅速冲出去突围！"说完，他让我躲在楼门口，往外扔了一个马尾炸弹。随着"轰"的一声，戴礼帽的家伙和几个敌人倒在地上。随后，我们几个冲了出去。敌人是一帮乌合之众，经不起我们的冲杀。在一片混乱中，我们终于冲出了敌人的包围圈。不幸的是，我们六人中又有一位同志牺牲，李部长也腰腿两处受伤。

这时，天色已晚。我们一口气走出了 10 里地，敌人也没有追赶。由于休息了一天，又吃了一点东西，我们精神好多了。我和钟伟生轮换着班背扶地护着李部长往前走。又走了一阵，李部长突然把我和钟伟生推开，喘着气大声地说："同志们，你们前进吧！革命，一定会胜利的！"当时我们感到很突然，当我们往前走了几步，转过身再要去扶他时，他已拔出手枪，对着自己开枪了。原来，他伤势较重，怕拖累我们，才结束了自己的生命。

　　李翔梧同志牺牲后，大家认为现在敌情这么严重，在中央苏区找到组织已十分困难，我们决定到上海去寻找党组织。

　　于是，我们白天栖草丛，蹲水沟，晚上爬山过岭朝广东方向走去，准备到广东再乘船到上海。几天后，越过筠门岭，终于走出会昌县境。这一天，下着大雨。我们在一个山坳边悬崖下刚刚吃过设法从筠门岭镇上买来的点心，就发现有巡逻的敌人，赶紧隐蔽起来。敌人走后，我们乘着茫茫雨雾，向前走去。结果，又碰上几个反动团丁。袁政委考虑到一开枪就会引起更多的敌人到来，便急中生智，挺身而出，一手摸着自己的手枪，对着敌人喝道："朋友，识相点，我们各走各的路，不然，大家都不好说话！"本来就很惊慌的敌人，听了这软中带硬的话，也就顺水推舟地说："好说，请便！"当晚，我们为了便于行动，埋掉了武器，并将油印的党费证放在衣服的夹缝中藏好，天快亮的时候，向吉潭镇走去。

　　广东是国民党统治比较稳定的地区，沿途的盘查并不严格。因此，我们顺利地到了吉潭镇。这时，春雨连绵，我们又需要改变一下装束，便打算在吉潭镇稍事休整。于是，大家便在一家小饭店里住了下来。

　　小饭店的老板 30 岁左右。穿着一身国民党士兵的旧军装，留着偏分头，很像个兵痞。在他对我们的猜疑中，我们为了不惹是生非，用 36 块"袁大头"在他这里搞到了一张通行证和四套国民党士兵的旧军装。

　　第二天，我们四个人离开吉潭，经过梅县、潮州、汕头，再经过六天五夜的海上颠簸，终于在 1935 年 3 月 31 日清晨到了上海。

项英同志[*]

丁上淮

在赣粤边三年游击战争极其艰难困苦的岁月里，我担任项英同志的警卫员，一直在他身边工作。

项英同志爱学习，爱思考问题，爱写些东西。我们跟随项英、陈毅到达油山后，在那样艰苦的环境里，学习材料少得可怜，只能看看从苏区带来的几张《红色中华报》、一本《共产主义运动中的"左派"幼稚病》和一本《共产国际纲领》。这点书报他和陈毅同志不知翻看过多少遍，那几张《红色中华报》都被翻破了，还舍不得丢掉，一直带在身边。

1935 年冬发生了北山事件（即由于叛徒的出卖，领导机关遭到袭击，项英、陈毅等机智脱险），我们转移到油山地区后，项英、陈毅就利用这一地区群众基础好的条件，交

---

[*] 本文原标题为《忆项英同志》，收录时做了适当修改。

代去赶圩的群众，设法找些报纸包着购买的东西带回来，哪怕是很旧的报纸也好。还利用地下党员、小学教员，到附近县邮局去订购报纸送来给项英、陈毅看。这样就可以通过这些报纸零零散散地了解一些情况，消息就不再那么闭塞了。

中央分局从中央苏区突围到赣粤边后，我们与党中央失去了联系，党中央的正式指示、文件和真实消息都无法得到。主要领导项英、陈毅同志独当一面地掌握斗争方向。如何才能正确领导、指挥部队呢？好在他们有丰富的经验，并从实际出发不断总结经验，以指导复杂的斗争；他们从国民党的报刊里寻找线索，从中得到一些启示。国民党的报刊上登载的消息虽然很不真实，但确能起到一点参考作用。如1936年春，有一天国民党的报纸上透露出瑞金县附近山上有游击队活动，于是项英与陈毅同志商量好后，就派黄明镜（杨尚奎的警卫员，瑞金县人）去联系。但因国民党控制太严没有联系上。

国内每次发生较大的事件，项英、陈毅都能在国民党的报纸上找到一些线索，以做出相应的对策。

1935年华北事变发生后，项、陈就提出了"抗日救华""实行全国一致联合抗日"等口号，并写了将游击队改为赣粤边抗日义勇军的布告，油印了传单在群众中进行抗日宣传。

1936年6月两广事变发生后，项英写了《为两广事变告群众书》，并提出了反对军阀混战，实行抗日战争，变军阀混战为抗日的革命战争等口号。

1936 年 12 月西安事变发生后，项、陈立即召开了干部会议，讨论分析西安事变的背景和发展趋势。在这次会上有争议的一个问题是："蒋介石是杀还是放的问题。"所有到会的人除项英外，都说"是会杀！决不会放"，只有项英一个人说"还是有放的可能"。有人说除非是叫你项英处理才有可能放，别人处理就不会有可能。项英说："要叫我处理，我就放，因为是为整个国家民族有利的问题……"听了项英的意见，会后有的人甚至发牢骚似的说："这是右倾机会主义的论调。"但不久蒋介石真的被放了，有意见的同志才佩服，说："还是项英的水平高，看得准。"项英还写了《关于西安事变》的文章，阐明西安事变发生的原因及其意义。

1937 年 7 月中旬，在卢沟桥事变爆发后项英就写了《卢沟桥事变与抗日斗争高潮》的文章，指出卢沟桥事变的实质，号召广大民众联合抗战，反对和平妥协，为保卫祖国而奋斗。接着，又写了《中国新的革命阶段与党的路线》的文章，指出中国革命已经发展到抗日民族统一战线与国共两党重新合作的阶段。我们知道卢沟桥事变的消息，大概是在 7 月 10 日后一份国民党的报纸上看到的，我记得标题好像是用的"日军炮轰宛平城"几个字。项英、陈毅同志看到后就说："我们要准备下山了！准备到大城市去了！"接着他们就聚精会神地研究起来。他们俩每逢看到了较重要的消息，都要仔细地进行分析研究，然后做出自己的决策。

项英、陈毅还写了不少的内部教材。在政治教材中，写了《红色指挥员必读》《群众工作必读》《反对十大坏现象》等。在军事教材中还写了《步哨守则》《战士必读》等；在出现了叛徒、变节分子的时候，他们就写了《反叛徒斗争讨论大纲》。此外，还写了文化识字课本。

项英写的教材有个特点，就是同一个内容的教材都有深有浅，有的适合干部和文化较高的同志阅读，有的适合战士和文化较低的同志阅读。还有个特点是：他每写好一份教材的初稿都要叫与教材水平相当的同志先看，并讲解给他们听，如果他们听不懂，就再做修改，直到听得懂为止，才定稿印发给游击队学习。他写的文化识字课本也是很有趣的，从"人、男人、女人、穷人、富人、阶级、无产阶级、资产阶级"开始，一直写到"什么叫革命，为什么要革命，革谁的命"等。

项英对我们这些警卫员的学习是很关心的，也抓得很紧。我们中有个别不识字、不会写字的，他就手把手地教。他经常给我们布置学习任务，有时还抽查和测试我们的学习情况。

项英同志性情温和，平易近人，和蔼可亲，但有时寡言少语，很少表露自己的忧患。当遇有烦恼事的时候也总是自己一人到僻静的地方静静地坐上一会儿就冷静下来了，从不发脾气。对我们这些警卫员、侦察员和一般的勤杂人员是兄弟、叔侄般地相待，从不摆首长架子。就拿他自己身边的警卫员来说吧，曾忠山、张春富是主力红军长征开始前就跟随他的，张春富在突围中牺牲了，此后就是曾忠山和我跟随他。一直到 1937 年 9 月项英同志离开赣粤边去延安时，我才离开他。

那时，我们经常缺粮，吃不饱饭。在这种情况下，我们总是想方设法弄点"副食"给项英同志吃，如石鸡（石蛙、田鸡）以及好吃一点的野菜、野果等。但弄来了他总是不肯一个人吃。不仅如此，他还常常是饭没有吃饱就不吃了，有意留给我们多吃一些。他还说："我少吃一点没关系，你们不吃饱不行，因为你们经常要走路、爬山。"

由于国民党对我们的严密封锁（包括食品、布匹、药品、书报等的封锁），我们衣服紧缺，冬天只穿着仅有的两件单衣和一件夹衣过冬。这样，项英、曾忠山和我三个人只好轮换着洗衣服。棉衣、棉裤就根本不敢想了，盖的是一人一条夹被，夏天还勉强可以，冬天我们只好三个人挤在一起，把被子横着重叠起来盖。直到 1936 年才通过做"兵运"工作的人弄到两条丝棉被，项英和陈毅每人使用一条。那年冬天我们警卫员不肯与他们挤在一起睡了，生怕他们睡不好。但他们不愿意，非要我们同他们一起睡不可，并说"在一起更暖和"，我们只好同他们挤在一起睡了。

项英同志有着吃苦耐劳的精神，从不愿意拖累大家。生病也总是忍，不表露出来，几次拉肚子都是我们发现的，叫他吃药，但他总是不肯吃，说是留着急用。

项英同志在领导和指挥赣粤边的游击斗争中，结合当地的实际，紧紧依靠人民群众，采取灵活机动的战略战术，战胜了国民党军队一次又一次的"清剿"，始终立于不败之地。

1937年春节期间，项英同志与信康赣县委机关的同志在上乐村附近山中活动，这里的群众有一个习惯，就是元宵节前既不做买卖，也不出门做工。因此，这段时间不容易买到东西，我们的消息也不灵通。

就在这个时候，国民党军第四十六师在保安团的配合下，强迫群众，从信丰、南康、大庾三面向我信康赣游击区的莲花窝、山焦坑、李家山、邓坑等地进行大规模搜山烧山，企图用突然袭击来搞掉我们。

国民党军的行动计划虽然十分诡秘，但交通站很快搞到了敌人的计划。项英决定采用"有把握就打，无把握就走"的原则，同敌人周旋。同时，针对敌人集中力量进坑抄山，山外特别是平原地区空虚的情况，风趣地对我们说："好呀，敌人进山，我们出山，同他们换个防好了。"并周密布置了反抄山措施。在敌人进山搜山的同时，游击队转到山外去袭击敌人的后方，发动与组织群众中的秘密游击小组在外边骚扰敌人，机关人员也分散到山外去择地隐蔽。

农历正月十二前后，项英同志由信康赣县委书记刘符节同志陪同，带领警卫班班长胡大炳、警卫员曾忠山和我一行五人，到大庾县（今大余县）新城平原的一个名叫鹅湾里的村子里。村子隔河对岸就是大庾有名的大集镇——新城，新城周围都是开阔地，素有山区平原之称。这里是国民党驻有重兵的地方，也是国民党的区公署所在地。我们就在敌人的眼皮底下住下了。

第二天上午 10 点钟左右，听到村南狗叫得厉害。不一会儿，有个老表跑来说，南面村口有几个白狗子来了。房东听了一点也不慌，沉着地对我们说："不要怕，白狗子来了不要紧，找地方躲藏。"边说边叫我们跟他上楼去。到了楼上，只见他走到角落里揭开一块楼板，用手指了指说："你们先到下边躲躲，我到外面去看看就来。"我们往下一看，下面黑乎乎的，一股霉气冲鼻而来，按照他的意图沿着楼梯走了下去，房东随即把楼板盖上，并在上面堆上了东西。我们用手摸了摸周围才知道是道很窄的隔墙，是房东准备防匪藏东西用的。五个人站在里面要想转个身都很困难，霉气熏得人直恶心。

过了二三十分钟，房东回来了，他把上面堆的东西搬开，揭开楼板，叫我们上去，对我们说："刚才是几个白狗子路过这里，抢了几只鸡就走了，没事。"

这次惊吓虽然过去了，但是我们觉得这样很危险，因而又向项英同志建议立即转移到别的地方去。项英同志与刘符节同志商量，刘符节说离这里北面四五里路有个名叫周屋的村子，有我们的地下党员，我先去联系一下，要他们帮助找个隐蔽的地方。说后，刘符节同志就化装成农民出去了。

晚饭后，刘符节回来告诉项英同志："联系好了，周屋有个开明绅士，约我们当晚就去。"项英同志听了刘符节同志的汇报，同意了。

这天深夜，我们向房东道谢后，悄悄离开这个村子，来到村外的约定地点，同周屋来的一个地下党员接上了头，在地下党员的带领下，转弯抹角走了好久，来到了一个绅士家里，绅士把我们安置在他家的过道间的楼上住。

这间楼上堆放着很多甘蔗渣，我们把一个角的甘蔗渣扒平一些，就在上面睡。楼的下面是过路间，白天过往的人很多，门口是个晒场。当时刚过春节，正是农民一年忙到头，唯一休息的时间，很多人在晒场上晒太阳，有的在缝补衣服，有的在拉家常，有的则说笑、打闹。而我们五个人在楼上除了能坐能躺之外，连话也不敢说，咳嗽也不敢，大小便也无处解。

偏偏项英同志这几天拉肚子，这可怎么办呢？我们急中生智，把屋面上的瓦轻轻取下一片给他接大便。我们几个人小便也憋得难受，没办法解决。

到中午绅士来送饭时，我们要绅士提了一只尿桶到楼上来，谁知他不注意，竟提了只有漏洞的尿桶，拉的小便漏在楼板上，又透过楼板漏了下去，滴在一个过路人的头上，这人大叫起来："上面什么人厕尿，漏到我头上来了。"

这时，幸好绅士在隔壁房里休息，他听了后连忙回答："哦！不是人厕尿，是前几天房子漏雨，我提了只尿桶接漏，忘了把尿桶提下来。"

那人说："不是水，是尿，有尿臊气哩！"

绅士连忙说："当时桶里是还有些尿没有倒掉就提上去了。我现在就去把尿桶提下来。"

我们听了下面的对话，真是又惊又好笑。后来绅士上楼来把有漏洞的尿桶换了。这场虚惊才算过去了。

我们在这位绅士谨慎细心而又热情的照顾下度过了两天两夜，没有出门一步。但是项英同志仍然在指挥着各种行动，他布置刘符节同志出去联系与指挥当地的地下党员，组织群众中的游击小组到河对岸砍断敌人的电线、散传单、贴标语，还把标语贴到新城区公署门口，第三天，我们得到消息，进山的敌人已撤回据点。我们从容地离开周屋回到了游击区。

中央苏区的游击战争[*]

张 凯

　　红军主力开始长征时，红军总政治部留我在总医院政治部任主任。1934 年 11 月总医院撤销，成立了中央军区卫生部，部长兼政委是王立中，我任中央军区卫生部政治部主任。总政治部交给我的任务是妥善安置好留在中央苏区的伤病员。这批伤病员共 6000 余人，多数是重伤员，少数是轻伤员。

　　10 月至 12 月初，还较平静，敌人尚未开始"清剿"。因此，伤病员都还留在各个医院中治疗休养，没有分散。到了 12 月底 1 月初，敌人开始对山区进行分区"清剿"。这时，形势已经很紧张了，我们通过地方政府，动员根据地广大群众，决定将所有重伤病员都分散到老百姓家中休养、隐蔽，轻伤员则动员归队。我们将安置到老百姓家中的伤病员

---

　　* 本文原标题为《留在中央苏区的红军坚持游击战争的回忆》，收录时做了适当修改。

分成若干小组，每个小组都派有医护人员，他们也住在老百姓家中。医院的领导干部则分工负责各医护小组。当时，我和陈毅同志一起到一个医院对伤病员进行动员。陈毅同志自己是个伤员，这时伤已经好了，离开了医院，住到了中央政府办事处。

到了1935年1月上旬，所有的伤病员都已分散到了雩都、瑞金、瑞西以及长汀、宁都等县（主要是雩都、瑞金两县）的老百姓家中。

1934年12月间，我曾随中央分局等机关，搬到白鹅附近的一个山区住下（1935年2月又搬到雩都南部的禾丰地区）。这时敌人已经占领江西所有根据地的县城和较大的市镇，对苏区进行残酷的"清剿"、破坏。一直到2月间，为了保存革命力量，继续坚持敌后游击战争，中央分局才决定将留在中央苏区的部队，分散突围转移到其他地区活动，坚持游击斗争。突围前夕，我被调到独立第三团任政委。

独立第三团是由瑞金、雩都县的独立团合并组成的，共3个营，一千二三百人。团长徐洪，是湖南浏阳人，主力红军长征后，他任独立三团团长。政治处主任陈铁生（没有参谋长）。1935年2月中旬，陈毅同志找徐洪和我去谈话交代任务，要我们立即去三团工作，准备分散突围。

当时突围的部队主要有五路：第一路是由谭震林、陈潭秋等同志率领到闽西；第二路是红二十四师的七十一团，由龚楚兼团长，到湖南活动；第三路是红二十四师的七十二团，由李天柱任团长，孙发力任政委，到寻乌、安远南部和兴宁、五华地区活动；第四路是我们独立三团，到湘赣边界井冈山地区活动；第五路是中央分局直接率领的红七十团，原准备往北走，到宜黄、乐安一带活动。其余的几路都是小部队。中央分局、中央政府办事处和中央军区各部门的负责人，都分到各部队随队行动。

中央分局决定陈正人同志和彭儒同志同我们这一路一起走。陈毅同志在向我们交代任务时，反复叮嘱说，突围途中可能遇到敌人追击堵截，要独立自主地处理一切问题，并要与当地党组织及所在地的游击队取得联系，依靠群众求得生存和发展。

我们接受任务后，立即就到了该团。这时，敌人已向禾丰地区进攻。独立三团的一部分队伍正与敌人接触战斗。情况十分紧急，我们当即决定将全团分成两路分头行动，一路由徐洪率领5个连，一路由我率领5个连，从信丰至赣县王母渡、大埠之间，渡信丰河，向南康、崇义、上犹方向前进，然后再到遂川、宁冈一带会合。

我们的突围出动是很仓促的。我率领的一路，从雩都的小溪（当时属登贤县）出发，到达王母渡、大埠之间渡信丰河。由于敌人已在沿河布置兵力防守，渡河未成功，损失百余人，只好折回向南走。当时还拟从信丰、南雄县之间插过去。当我们经过龙布、重石、版石、古陂、安息圩等地时，沿途均遇到敌人追击堵截，部队损失很大，到达安远西南九龙嶂时，仅剩下一百五六十人。后又转到安远以南丫叉、桐子窝山地，找到了安远县委（书记是杜慕南），部队仅剩下百把人。经商量，我们决定收容被打散的部队进行整顿，待后再到湘赣边去，因而就在安远以南地区坚持游击斗争。这时，已是3月下旬了。

由徐洪率领的一路同样没有渡过信丰河，而且部队损失更大。后来据有的失散人员说，部队被打散了，有的伤亡，有的被俘，究竟还剩下多少部队，到什么地方去了，都不清楚。徐洪在战斗中也不知下落。

我们出动后就与中央分局和中央军区失去联系，以后就一直没联系上。

当我率领的一部分队伍到达安远以南地区时，二十四师师长兼七十团团长周建屏和七十二团团长李天柱，各率领四五十人的队伍，3月下旬也先后来到安远地区。

我们会合在一起研究今后行动，大家认为当务之急是要把已经突围出来的部队组织起来，继续收容被冲散的人员进行整顿，在粤赣边一带分散活动，就地坚持斗争，同时设法与中央分局、中央军区联系，并派人到广东兴宁、平远一带去找兴宁特委。与此同时，决定将所有来到这个地区的部队和本地游击队合并整编，编成3个大队。

4月初，广东兴宁特委书记罗屏汉同志率领一支游击队（有百把人），来到了寻乌南部留车、中和之间的山地。我们在一起召开了会议，会议分析了形势，决定成立粤赣边军政委员会，统一领导这个地区的党政军各项工作，由罗屏汉任主席，周建屏任副主席，负责军事指挥，李天柱、张凯、陈铁生、杜慕南、陈侃为委员。在军事部署上，以一个大队在安远，一个大队在寻乌，一个大队到广东平远、兴宁一带活动，每个大队百把人，在各地开展游击活动，开辟新的根据地。

4月下旬，周建屏、陈正人、张凯等人和1个大队，随罗屏汉一道到了广东平远以西、兴宁以北八尺、石正所属天子嶂一带山区，行动了一个时期。5月下旬，我又率领三四十人的队伍，由该地返回安远、寻乌南部活动，周建屏、陈正人则随罗屏汉等仍留在平远、兴宁地区。这次分开后，我就再没有同他们见面了。我回到安、寻地区时，留在此地的两个大队找不到了，安远县委和寻乌县委也找不到。7月间，粤赣边军政委员会实际上也就停止了活动。这个地区的组织受到很大的损失，根据地没有建立起来，部队发展得也不大。

抗日战争爆发后，我见到陈毅同志，向他汇报了这一段斗争经过，检查了自己的错误。陈毅同志说：这是王明"左"倾路线错误造成的，不能怪你们。后来我们又开始了新的革命斗争，积极投入伟大的抗日战争中。

寻粮脱险记

康 林

我原来是红一方面军第一军团某部六团四连的战士，红军长征时我们有一部分部队留下来坚持南方地方斗争，我被编入赣粤边游击队，在张日清同志领导下工作。1935 年 5 月，我被调到陈毅同志身边当警卫员。当时部队在赣南的信丰、南康、广东南雄和赣南大庾的油山一带活动。

1936 年 5 月间，国民党反动派为了彻底消灭赣南山区的红军游击队，对我们进行了一次大规模的"清剿"。他们对粮食、布匹、油、盐等生活必需品施行严密封锁，并疯狂搜山，在要道、沟口等处设置埋伏，欲将我们陷入弹尽粮绝之地，束手待毙。

在敌强我弱的情况下，我们每天东躲西藏，与敌人周旋。原来准备的粮食吃完了，只能摘些香菇、竹笋、野菜等，有时连这些东西也吃不上。陈毅同志工作忙，整天跑来跑去，他的右大腿负过伤，行走很费力，加上长时间吃不上东西，瘦得脸上颧骨高高凸起，眼睛凹陷下去了。看着他又累又饿的样子，我们心里又难过又着急，几个人商量：无论如何也要出去给首长找些粮食来，这个任务交给了我。

第二天，我只身出发了。利用树林做掩护，快到中午的时候，发现前面山洼里有一座茅草屋。我想，有房子也许就有老乡，就能弄到吃的东西。我慢慢向茅草屋摸去，到了房子跟前，我不敢贸然进去，就绕到房子后面，躲到一棵树背后观察，同时向屋顶上扔了几块石头。过了好长时间，我见屋内没有动静，周围也没有异常情况，就迅速跑到西边那间屋子里。

这里的老百姓早已被国民党军队"清剿"赶跑了，屋里的东西翻得乱七八糟。我四处寻找着，想找到一点能吃的东西，可是找了好长时间也没找到。忽然，我发现床底下有一个瓷罐子，抱出来一看，里边装的是酒糟番薯干。当时我高兴极了，连忙用一块包袱布把它包好，背在背上，并从口袋里掏出块银圆放进罐子里。我正要拿笔来给老乡写个纸条时，听到屋外有动静，抬头一看，哎呀不好，敌人端着明晃晃的刺刀已经扑到房子跟前了。

狡猾的敌人一定早已发现我进了屋子，想趁我不备包围过来，捉活的。当时的情况不允许我有更多的考虑，只有一个念头：拼死也要冲出去，绝不能被敌人抓去当俘虏。这房子没有后门，只能从前门出去。我一步奔到门前，敌人的两把刺刀像"八"字一样已经堵住了门口。我趁敌人没有反应过来的时机，用手将两把刺刀向上一拨，弯着腰从下面一钻，撒腿就往外跑，刚刚反应过来的敌人着急地伸手一抓，刚好抓住我背上的包袱。我连忙将扣子一拉，用力一挣，将包袱丢到敌人手里，挣脱出来，三蹦两跳就钻进房子前面的竹园里。出了竹园，从一个坡坎上纵身往下一跳，又穿过一块稻田，跑进一片树林子里，敌人跟在后面乱打枪，将山上的树木和石头打得啪啪直响。我一口气翻过两个山头，才算摆脱了敌人的追击。

人是跑出来了，但是搞到手的一点粮食却被敌人夺走了。现在我任务没有完成，怎么能空手回去呢？我下定决心继续找，不找到粮食不回去。当晚，我就去树林里蹲了一夜。

第二天，天刚亮我就开始行动了。吸取了上次的教训，我的警惕性更高了，不找村庄，不入屋内，就在山坡上、道口上瞭望和等待。我想只要能碰到一个老百姓，就一定能找到粮食。约莫是吃过早饭不久的时候，一个十四五岁的男孩子到山里砍柴了，看到他穿的衣服和砍柴的动作，我断定他是个穷人家的孩子。我就走过去，一面帮他砍柴，一面和他拉话："你是给家里砍柴吗？"

"是的，我有妈妈、妹妹，靠我卖柴养活呢！"

"你们村子里是不是住着国民党军队？"

"住着的，他们可祸害老百姓啦……"小孩突然停住不说了，两只眼睛上下打量着我。我看出他在怀疑我，就说道："我是红军游击队的人。"

他一听，马上露出又惊讶又兴奋的样子。他拉着我的手说："你们快回来吧，国民党军队和地主老财可把我们害苦了，村里的人们都盼望你们打回来……"

我要他去帮助买些粮食，他说："白军管得很严，村子里卖不出粮食，我家里有前天刚换来的 10 多斤米，我悄悄拿来给你们去吃吧！"

我连忙说："你们家里吃什么呢？"

他解释说："我们可以再想法子，你们在山里是找不到粮食的。"说完他让我在山上等着，他进村子去拿。我还是一再劝他少拿几斤，他答应了一声，拔腿就跑下山了。

过了一会儿他回来了，背了满满一口袋米，我接在手中掂了掂，足有十二三斤重，我说："你是不是全都拿来了？"孩子笑着说："我已经给妈妈、妹妹留了几顿吃的。"看他说话时的神态，我知道他一点也没有留。当时我的心里有一种说不出的滋味，我拉着小孩的手，久久不愿放开。

我拿出两块银圆给他，他死活不要，推来推去，只收下一块，他着急地催促我："快回去吧，他们都等着你呢！"

我回到原来出发的地方，已经不见陈毅同志他们了。因为在当时的环境下，凡是派出去的人没有按时返回，队伍就要立刻转移，这是用鲜血换来的教训。于是我想方设法寻到地方一位"关系"，通过这位"关系"，我才找到陈毅同志。

同志们看到我回来了，高兴地跑过来迎接我，陈毅同志知道了我寻粮脱险的经过，对大家说："这粮食是我们的同志冒着生命危险找来的，不能给我一个人吃，应该让每一个同志都吃到它，使每一个同志都永远记着我们这些艰苦斗争的日子！"

1938 年 2 月，我们离开了赣粤边游击区，告别了与我们同生死、共患难的人民群众，走向了北上抗日的战场。

北山游击队 *

钟志阶

　　1934 年 10 月初，我在赣南军区特务营任青年干事。主力红军长征后，1935 年春节前，我们到达雩都南部的仁风地区。

　　1935 年 3 月，当时形势非常紧张，我随军区机关和独立第六团从雩都小溪突围，途经牛岭和敌人进行了一场恶战，部队受损，被打散，我们与蔡会文司令员和其他领导同志都失去了联系。我们这些被打散的同志集合起来，有 80 多人，继续向西渡过桃江，找到了大龙区委。区委负责同志同我们联系后，我们这支 80 多人的队伍，分成两部分：一部分 40 多人去信丰油山；我和剩下的 40 多人就留在大龙地区，与原坚持在该地区的游击队合编在一起，改名为信康赣游击大队，大队分两个中队，每个中队都是二三十人。

---

　　* 本文原标题为《从赣南军区到北山游击队》，收录时做了适当修改。

5 月间，赣粤边特委派曾纪财同志从油山回到大龙地区，以原大龙区委为基础，成立大龙中心区委，曾纪财为书记，中心区委领导两个工作团：龙回工作团和大龙工作团。我从部队调出，分在龙回工作团。信康赣游击大队也分成两部分活动：一中队在大龙，二中队在龙回东角。

经过一段时间，工作有了发展，我们在原龙回工作团的基础上，于 1935 年秋建立了龙回区委，区委书记朱锡照，我任少共书记。

敌人对龙回游击区的进攻手段是很毒辣的，先是搜山"清剿"，妄图将我们一网打尽。然后是移民并村，妄图隔断人民群众同我们的联系，切断我粮食供应，把我们困死饿死在山上。为了粉碎敌人的阴谋，游击队采用多种办法，当敌人搜山时，我们就"你进山，我出山"，由山里转到山外，甚至到敌人据点附近活动，袭扰敌人。在敌人进到我军龙回游击区内时，我们就跳出敌人的包围圈，袭击敌人，我们先后袭击过泣赖、黄泥巷等敌据点，给敌人杀伤，在信康公路上还袭击过一辆军车。

在反敌人"清剿"中，我们也付出了重大的代价。1936 年 2 月初，为商讨如何粉碎保安团搜山，中心区委通知我到龙回与牛颈交界的杨灵坑，参加干部会议，我是天黑不久到的。半夜，开会的人尚未到齐，我们挤在茅棚里睡觉。那时我名叫志如，又叫荣根。深夜两三点钟，曾纪财同志叫醒我："荣根，你们书记来了，起来让他睡一会儿。"我立即起来，到棚子下面的小溪沟洗脸。这时，游击队炊事员老林婆（又名林叫妹）正在为大家做饭。就在这个时候，保安团摸过来了，踩得树枝哗哗响。老林婆听到响声，大叫一声："白狗子来了！"那时天刚蒙蒙亮，我听见叫声，抬头一看，敌人离我们很近，也大声叫喊："白狗子来了！白狗子来了！"并和老林婆顺着溪边往山上跑，睡在棚子里的同志也闻声起身往山上爬。敌人拼命追赶我们，老林婆急中生智，忙将身上我们准备买油盐蔬菜的几十块银圆撒在地上，敌人见钱眼红，忙着抢银圆。我乘此机会，跳起来抓住一根青藤，就攀登到山顶，敌人拼命地朝山上乱打枪，老林婆也乘敌人追我的时候，迅速地爬上了山。

住在茅草棚里的同志，这时都跑散了，漫山遍野的敌人到处搜索，在一处茂密的茅草丛中，曾纪财同志不幸被捕。

次日，老林婆带我到龙回东角的丘老太家里。她见我脚上连鞋子都没有，衣服也被荆棘剐破，很心疼。当她知道我们一天都没有吃东西时，就赶忙为我们做饭吃。饭后，她还送我们到屋后的河坑里住了一夜。几天后，我们才找到区委和游击队的同志。

曾纪财同志被敌人押到信丰牛颈圩后，敌人采取各种鄙劣手段，妄想从曾纪财口里得到我游击队和地方党组织的活动情况。他们对曾纪财同志施行各种刑罚，曾纪财坚强不屈。敌人见硬的不行，又来软的，也被曾纪财同志顶了回去。敌人见达不到目的，就用钢丝把曾纪财的两只手和鼻孔穿起来，用钉鞋底的锥子往他身上乱锥，每锥一个洞，就插上一根鸡毛，再用盐水浇在他身上，尽管敌人用尽了惨无人道的酷刑，但仍然一无所获。1936年2月中旬的一天，敌人在牛颈圩杀害了曾纪财同志。

不久，发生了两广事变，信康赣地区的形势略为好转。我由龙回区委调回游击队，接着，又随游击队到游击根据地中心油山，参加为期20多天的整训。在这期间，项英、陈毅和刘符节、陈丕显等领导同志都来讲过话，做过报告，给我们讲形势，鼓励我们坚持下去，战胜敌人，争取最后的胜利。整训后，随着形势的变化，赣粤边特委把我们这支游击队的一部分编为北山游击大队，另一部分继续返回大龙地区，我被分配在北山游击队。

到北山后，游击队采取敌来我去、敌去我来的战略战术，跟敌人周旋，也常常出去，打小股敌人和敌人的土围子。1936年10月，我们出发到南雄县的上嵩，袭击敌人的一个土围子，那里有七八十户人家。深夜，我们分散隐蔽在村子周围的山上，天亮后，敌人一打开围门，我们就冲进去，出其不意，一下子缴到敌人10多支枪。这是我去北山后打的第一个胜仗。还有一次是袭击南雄的一个乡公所，保安团有个中队驻扎在那里。我们从梅岭下去，乘敌不备，突然把散落在圩上的几十个敌人都消灭了，还捕杀了一个作恶多端的乡长。1937年，有一次，广东军阀和保安团联合进犯我军游击区，我们抓住敌军之间的矛盾，在上嵩埋伏起来，在敌人进到地形对我军有利的地方，我们死死咬住地方保安团，集中火力猛打，消灭了它一部分，缴了几十支枪。

卢沟桥事变后，国共谈判，合作抗日。10 月，我北山游击队奉命到大庾池江板棚下集中改编。随后，开赴抗日前线，去迎接新的战斗。

信康赣游击大队[*]

黄祖煌

1934年10月红军主力长征后，形势日益严重，中央革命根据地日益缩小。我所在的部队赣县独立营布防在赣县桃江东岸沿江一带，担任防御任务，监视国民党粤军从南面偷袭苏区，保证赣南省党政军驻地雩都的安全。

12月下旬，接到赣南军区命令，将我们赣县独立营改名为赣南军区警卫营，调到雩都县禾丰地区休整待命。

1935年二三月间，形势变得越来越紧张，国民党军向我雩都南部地区进逼，我们为了摆脱困境，军区首长带领我们向外突围，遭到国民党粤军的疯狂阻击，我军伤亡很大，情况异常危险。领导同志把失散的同志集中起来，动员我们继续向外突围，跳出敌人的包围，向西渡过桃江，到赣粤边去打游击。在一个漆黑的晚上，我们跳进冰冷刺骨的江水，

* 本文原标题为《在信康赣游击大队的日子里》，收录时做了适当修改。

安全地到达对岸，进入大龙游击区。

大龙游击区是中央革命根据地的边缘，红军主力长征后，当地党组织和游击队一直在坚持斗争。但是国民党粤军在这一带有驻军，形势也非常严峻，党组织和游击队处在秘密状态中。我们到达以后，找了七八天，都未联系上当地游击队，处境十分困难。正在危急时刻，大龙区委负责同志先找到了我们，立即带我们到附近村子里，发动群众给我们做饭，替我们生火取暖，用姜苗、辣蓼草等烧热水替伤员洗脚、治冻疮，包扎伤口。在这里，我们和原在该地坚持斗争的信康赣游击队会合。五六月间，大龙中心区委书记曾纪财同志将我们突围出来的同志和信康赣游击队进行整编，改名为信康赣游击大队，坚持在这里开展游击战争。

斗争是极端残酷的，我们这支不到百人的游击队处在强敌的包围中，为求得生存，和国民党军展开了顽强的斗争。环境对我有利时，寻找时机，集中打击敌人；环境不利时，分散行动，扎根于群众之中，进行隐蔽。1935 年 8 月的一天，龙回区委书记朱锡照同志带领我们三个战士去南康城附近打土豪过程中，得到一个情报，信丰县"铲共团"团长的儿子乘车经过南康回信丰，我们商议了一下，决定巧捉，惩办这个家伙。我们化装成老百姓，在南康县境的石子岭等候汽车的到来，成功活捉了这个家伙。事后，国民党军队来搜索，我们在群众掩护下，安全回到游击根据地。

1935 年秋，我在大龙地区的战斗中曾先后两次负伤。

一次在大龙附近和国民党军遭遇时，战斗中我的左臂负伤。大龙中心区委书记曾纪财同志把我和其他三个伤员安排在中坝坑养伤，还专门派了一位姓彭的同志来照顾我们。彭同志是位老游击队员，唯一的儿子给敌人杀害了，他对我们特别好，想方设法给我们搞粮食，帮我们采购物品，每天三餐按时给我们做饭，用草药为我们洗伤口。我们都非常感激他，亲切地叫他彭事务长。我们的伤在他的精心护理下，慢慢地好起来，但这位事务长一次在替我们采购药品时，被敌人抓去，敌人对他严刑拷打，妄图从彭事务长口中得到游击队的情况，他宁死不屈，后来被敌人杀害了。另一次是在黄泥巷战斗中，我的右小腿中弹负伤。黄泥巷是南康至信丰公路上的一个小圩场，距大龙很近，国民党军在这里驻有保安团一个中队，经常对我游击区进行"清剿"。为了打击保安团的嚣张气焰，我游击队主动出击，黑夜摸进圩场，炸开了碉堡，保安队拼命还击，我们迅速撤离战斗，我右腿中弹，同志们扶着、背着我，汗水流在我的身上，鲜血流在同志们的身上，使我安全返回大龙山区。这种用鲜血凝成的战斗情谊，终生难忘。

1936 年春，国民党军对大龙地区进行大抄山，来势很凶猛，有广东军，有保安团，还强迫群众出动，采取梳篦的方式逐山逐坑逐屋地搜索，妄图一举消灭我们游击队。我信康赣游击大队根据赣粤边特委指示，对反抄山做了周密的布置。游击队化整为零，分散活动，跳出敌人包围圈，深入到游击区外和敌周旋。我跟随谢礼炳同志领导的一支 16 人组成的游击小分队，深夜出发，路经泣赖，东渡桃江，挺进到赣县的长演坝、韩坊、牛岭、小汾一带活动，处决了几个作恶多端的豪绅地主，筹集了一批经费。

国民党军这次大抄山被我们粉碎了，但我们也付出了重大的代价，大龙中心区委书记曾纪财、龙回区委书记朱锡照、大龙游击队领导肖玉山等领导同志壮烈地牺牲了。

1936 年夏天，两广事变发生后，广东军队从赣粤边游击区撤走，形势有所缓和。我信康赣游击大队抓住有利时机，化零为整，适当集中，和江西保安团展开针锋相对的斗争。这年八九月间，信康赣游击大队接到特委指示，全部开赴油山的山焦坑进行整训。整训的内容主要是进行政治思想教育，分析形势，总结经验，方式主要是自我总结，讨论分析问题，提高斗争艺术和政策水平。项英、陈毅和信康赣县委书记刘符节等领导同志都给我们做过报告。20 多天的整训，特别是领导同志生动而深刻的讲话，使我们这些长期坚持在赣粤边的游击战士的思想觉悟和政策水平有了很大提高。

整训结束后，信康赣游击大队与信丰游击队会合在一起，在油山周围地区活动了一段时间。接着，特委指示将信康赣游击大队第二中队和信丰游击队合并，在谢礼炳、康世光的率领下，留在信康赣地区；我们一中队在中队长温逢山率领下，开到北山地区，与北山游击队合并，编为北山游击大队第二中队，在北山地区坚持斗争。

北山地区和大龙地区不同，山高林密地形好，对于开展游击战争十分有利。我们到北山后频繁活动，先后出击攻击了南雄县的上嵩、澜河、白云、横水、下洞等地的国民党保安团。上嵩是北山游击区边缘的国民党一个重要据点，我游击队在天亮前到达上嵩，隐蔽在附近山上，天亮后出其不意，乘虚而入进到据点，歼灭保安团10多人，缴步枪10余支。在伏击驻横水保安团时，我们埋伏起来，待保安团进入伏击路段时，伏兵四起，毙伤保安团20多人，俘虏10多人，缴获40多支步枪。战斗结束后，立即转移到帽子峰山区。

1937年四五月间，北山地区发生了一件有趣的事。当时全国抗日形势日益高涨，进攻我游击区的国民党第四十六师的一个连长，带着1个班的士兵和全副武装，在北山到处寻找我游击队，准备投诚。领导得到这个情报，派我们中队去接应时，发现这支队伍后面还有一支人数众多的部队，当时判断可能是假投诚真进攻，我们立即转移。事过七八天后，我北山区委来人报告，说投诚部队在国民党追击的情况下，没能找上游击队，便把一挺机枪、七八支步枪和数千发子弹交给山里纸棚的工人，要求转交给游击队，然后换成便装逃走了。我们得到这个消息感到很惋惜，但得到这些装备，可以说是一个意外收获。

卢沟桥事变后，赣粤边特委和国民党地方当局谈判达成协议，我们这支辗转三年的游击队伍改编为江西抗日义勇军，从北山开赴油山，然后在大庾县池江正式改编为新四军的一部分，开赴抗日前线，肩负起打击日寇的伟大历史使命。

战斗在赣粤边游击根据地[*]

李德和

1934 年 10 月下旬，红军主力离开中央苏区，开始长征。当时，我在北山游击大队，我们奉命回到油山根据地与敌人继续做斗争。在返回途中，我们收容安置了 100 多名红军伤病员。由于当时国民党广东军队去追赶红军主力，油山根据地周围敌人力量较弱，我们乘机打击当地的豪绅地主，打掉了信丰的长安、禾锹、九渡、大阿的国民党区公所乡公所，在九渡活捉了国民党的乡长。接着又远出信丰的牛颈、南康的龙回等地，收缴了一批枪支弹药，筹到一大笔经费。

1934 年 12 月下旬，赣粤边区游击队的负责人李乐天，带着大队人马从中央苏区返回油山。因红军主力长征，上级为了加强对赣粤边游击区的领导，在雩都组建了赣粤边

* 本文节选自《在赣粤边游击根据地的片段回忆》，收录时做了适当修改。

特委和军分区，由李乐天任特委书记兼军分区司令员和政委，并抽调 1 个营的兵力到赣粤边来增强赣粤边游击区的力量。

1935 年 4 月以后，国民党军余汉谋部加紧了对我赣粤边游击区的包围，形势越加严峻。为了粉碎国民党军的"清剿"，长期坚持游击战争，赣粤边特委要我们分散行动，部队做了相应的调整。5 月，我被调到特委侦察班任侦察员，在北山一带行动。

5 月中旬的一天，侦察班和其他两个大队，有 300 多人，由军分区参谋长向湘林带领，从北山出发，向信丰南雄边界以及三南方向发展，准备在那里开辟新的游击根据地。部队到达南山地区后，本来应该执行特委关于分散活动的指示，采取灵活的战略战术，和敌人周旋，以保存有生力量。但向湘林还是把 300 多人的队伍集中在一块儿，在山中转来转去。由于目标大，经常遭到广东军队的袭击，部队伤亡很大，不到个把月时间，队伍只剩下 100 多人。我也在一次战斗中负伤。战士们看到这种被动挨打的状况，意见很大，甚至对他骑的那匹马也议论开了，说这匹马简直做了敌人的向导，马蹄印子到哪里，敌人就跟踪到哪里。特别是在一次战斗中，向湘林骑在马上，用手枪打死一名战士，战士们意见更大。向湘林不执行上级指示，严重的军阀主义作风，受到特委的严肃批评。后来，这个家伙竟叛变革命，成了可耻的叛徒。

1935 年 8 月间，我在特委的医院养伤，特委介绍我和其他四位伤愈的同志到信康赣县委报到。当时，信康赣县委驻在信丰的潭塘坑，我们到达后，县委书记刘符节接待我们，决定分配我和李发同志到县委警卫班工作。警卫班班长胡大炳向我们俩介绍了这里的情况，从此以后我一直在这里工作和战斗。

1935 年 11 月的一个夜晚，特委交通员来到县委驻地，向刘符节同志汇报，要刘符节同志亲自前往信丰上乐。刘符节同志带着警卫班班长胡大炳连夜出发。第二天，天刚亮，刘符节同志回来了，同来的还有七八位同志。我们几个警卫员，还有炊事员等一齐拥上去，嘘寒问暖，感到特别亲切。刘符节叫大家围坐在县委的一个棚子里，向大家逐个介绍情况，指着那位长得高大的同志说：他叫老周，那位长胡子的叫老刘，那位长得矮小年轻的叫刘新潮……刘书记的介绍，有的没有讲名字，也没有讲职务，但大家一看就知道，那位老周和老刘是大干部，是负有重大责任的领导同志。但在当时那种艰难的岁月里，为了首长的安全，我们也不便多问，大家心里有数就是了。这天下午，一个重要会议就在县委驻地棚子里开始了，一直开到第二天。事后我们得知，由于发生了北山事件，领导同志由北山转移到了油山，然后聚集在信康赣县委，部署今后坚持游击战争的方针和斗争策略。会议结束后的当天下午，老周和老刘同我们担任警卫工作的同志席地而坐，给我们讲了许多革命的道理。首长的讲话，对我们这些普通战士是巨大的鼓舞！出于崇敬的心情，我们终于从老周的警卫员丁上淮、曾忠山的口中得到准确的答案，原来老周就是项英同志，老刘就是陈毅同志。

潭塘坑会议后，领导同志很快又分散到赣粤边各地，项英同志则留在信康赣地区，和我们一起坚持斗争。1935年冬和1936年春，是赣粤边游击战争最困难的时期，广东军队和江西保安团，在军事上加紧了对我们的"清剿"。1935年冬天，还遇上了少有的严寒，大雪封山，给我们造成了很大困难，由于我们游击队领导的强有力的思想政治工作，紧紧依靠人民群众，采取机动灵活的战术，终于挫败了国民党军的疯狂"清剿"，度过了最困难的日子。

在这些日子里，我一直在项英同志身边。有一次，广东军队对我潭塘坑一带进行搜山。我们得到情报后，从潭塘坑向上乐转移。两地距离只不过二三十里，走山间小道，很快就可以到达。但项英同志带着我们翻山越岭，钻茅草，爬水沟，从早走到晚才到达上乐。上乐交通站的郭洪传在山头上等了我们老半天，见到项英同志就说："广东军队和保安团，在所有的交通要道上都设了埋伏，我还以为出事了呢！"

项英同志对我们说："多走一点路，多吃一点苦，避免受损失，还是划得来。"我们真佩服他办事想得周到。项英同志对学习抓得很紧，身边带着的几本书，不知看了多少遍。他对国民党的报纸看得很仔细，每搞到一张报纸，总是一字不漏地看。有时弄不到报纸，就对刘符节同志说，要想法子搞到，就是花点钱也要买来。他亲自动手，写了很多东西，有政治教材、军事教材和文化识字课本。项英同志和大家一样，风餐露宿，忍饥挨饿，披星戴月，终年奔波，生活非常艰苦，打土豪搞来一点东西，有时警卫员给他送去，他从来不要，要分给大家享用。

1936年两广事变发生后，国民党广东军队从我军游击区撤走了。项英、陈毅同志很快得到了消息，他们商量以后，通知分散在各地的游击队，做适当的集中，打击地主武装，扩大游击区。我和李发等三人根据刘符节、刘新潮同志的指示，迅速赶到龙回，找到了区委书记兼游击队长李承丰同志，传达了县委指示，我们三人便和当地游击队一道行动。一个夜晚，在李承丰同志带领下，游击队包围了禾稿圩，歼灭了驻扎在贤女埠区的反动民团，毙伤团丁27人，缴枪23支。游击队在龙回、黄泥巷一带捉了土豪，筹集了一大批经费，取得了很大战果。经过两三个月的时间，我们三人又返回到县委驻地潭塘坑。

西安事变发生后，12月下旬，特委在潭塘坑的李村对面山上，召开了各县委、区委书记和游击队长以上干部会议。项、陈首长在会上分析了西安事变发生的原因及其意义，针对当时游击队员的思想，提出了要提高警惕，克服麻痹思想，做好充分的思想准备，准备迎接新的斗争任务。果然不出所料，会后不久，蒋介石就背信弃义，破坏国共合作，下达密令，发动了对南方各地共产党领导的游击队的进攻，赣粤边游击根据地的形势再度紧张起来。

赣粤边游击区军民，在项英、陈毅和特委的正确领导下，一次又一次挫败了国民党军队四十六师新的"清剿"，终于迎来了国共合作抗日的新局面。

创办特委油印处[*]

郭洪传

　　1935 年冬，项英同志从北山来到油山，与信康赣县委书记刘符节同志住在潭塘坑一带，有时也到上乐来。

　　有一天，项英、刘符节、刘新潮在一起商量工作，讨论如何粉碎敌人的"清剿"，项英同志分析了当前同敌人斗争的形势，讲了下步同敌人斗争的策略。我在旁边听了，感到他很有水平。而后，项英同志对我说："游击队的同志大多数都没有文化，没有文化不行啊！将来革命胜利了，大家都是革命的骨干，没有文化是做不好工作的。"我说："是啊！我就是个大老粗，能够学到文化当然好，就是没有课本，没有老师教。"项英听了笑着说："没有课本，我们自己编写嘛！没有老师就互教互学。"接着，项英同志询问了刘新潮同志关于建立特委油印处的准备工作情况。刘新潮同志做了

---

　　* 本文原标题为《特委油印处》，收录时做了适当修改。

详细汇报，项英同志听了表示很满意。

特委油印处就这样很快建立起来了，设在上乐宝塔后面的水口庙，从宝塔去小庙要跨过一条小河沟，小庙紧靠高山密林，遇到紧急情况，便于转移。庙内有个神台，台上的菩萨都被以前的乡苏维埃儿童团搬走了，油印处就在神台背后的地面上，摊一块门板，摆上油印机和纸张，搞起油印来。

油印处直接受刘新潮同志领导，工作人员有三个：谭延年、老黄和我。我原来在信康赣县委搞保卫工作，因我是上乐人，情况熟悉，调来上乐交通站担任接头员，任何人要找信康赣县委，一定要先找到我去联系。刘新潮同志叫我兼任油印处工作。谭延年是一个20多岁的大学生，字写得好，多才多艺；老黄，50多岁，做篾器手艺很好，深受群众爱戴。

油印处的设备很简陋，只有一块钢板，一支铁笔，一架油印机。上级发来油印任务，谭延年把钢板往自己的膝盖上一放，躬着身子刻写蜡纸，蜡纸写好后，交给我和老黄油印。我们打开油印机，开起纱盖，把蜡纸反贴在纱盖上，然后，把纱盖压在纸上，用滚筒把调匀的油墨沾在纱盖上，再把滚筒往前一推，一张印刷品就成了。老黄蹲在一旁，就把印好的那张翻过来，再印第二张，第三张……印好之后，由我按照刘新潮同志的布置分送出去。附近群众对我们这个和睦的大家庭都视如亲人，新出的菜先送给我们吃；久雨缺柴，争着挑柴送给我们烧；外界有什么消息，争相告诉我们。

油印处开始遇到的难题是油墨、蜡纸和纸张的来源。起初，刘新潮同志托附近的老表到新城买了一些来。但是国民党对这些东西控制得很严，不但商人不敢多买，而且买多了也会引起敌人注意。老表搞来的有限，不够我们用，随着斗争形势的发展，我们的刻印任务日益繁重，耗用的油墨、蜡纸和纸张与日俱增，好几次用光了，束手无策。

有一天，刘新潮同志得知朱赞珍同志在新城开店的老表——董老板来了上乐，亲自去买了一只狗，让老黄把狗杀了，烧得喷香。打来好酒，热情地请董老板来吃。边吃边向董老板宣传党的政策，董老板深受感动。对刘新潮同志说："你们有什么难处，告诉我，请放心，只要我力所能及，我一定尽力效劳。"刘新潮同志请他帮助采购油墨、蜡纸，他满口答应。此后，就由董老板多次把东西买好放在新城他的店里，我们托上乐的老表，趁赶圩的时候分散带回来，从而解决了蜡纸、油墨供应问题。

1936 年春节期间，国民党军对信康赣游击区进行突然袭击，我们油印处几个同志立即转移到信丰与南康交界的深山密林里。当我们打算继续工作的时候，发现刻蜡纸的铁笔不见了。没有铁笔，油印处就不能工作，我们几个人急得团团转。刘新潮同志看到这个情景，对我们说："不要急，慢慢小心找，万一找不到，也别着急，大家动动脑筋，困难总可以解决嘛！"后来谭延年真的想出了办法，他找来一把布伞钢骨，截取一段，磨成铁笔一样尖，把它插入一支约五寸长的小竹竿内，成了一支自制铁笔。后来，他还细心地在笔杆上刻上花纹，使这支笔显得更好看。这支铁笔跟随他"战斗"了半年多，虽然后来托人买到了新铁笔，谭延年还是舍不得丢掉他的自制品。

油印处尽管任务繁重，工作人员又少，但总是按时完成任务，多次得到刘新潮同志的表扬。项英同志也经常来我们油印处。有一次，他看到条件这么简陋，刻印的东西却这样好，又是表扬，又是慰问，讲得我们心里喜滋滋的。

刘新潮同志经常提醒我们要注意安全和保密。为此，我们把刻写、油印这两道工序分别在两个地方进行。谭延年刻写蜡纸在山上的棚子里，我同老黄油印就在山下的庙里。每次油印结束，都要把门板放回原处，把地面清理干净，把油印后的蜡纸、废纸全部烧掉，不留下任何痕迹，然后把油印机和油印好的印刷品藏到宝塔顶层。敌人无论如何也不会想到我们会把东西藏在塔顶上。

油印处自创办至1937年冬，历时两年，油印的东西不少。项英同志写的东西最多，有文件、传单和标语，还有政治教材和识字课本。印好后由我分送出去，发给游击队员学习。印好的标语传单，分送各游击区去散发，有时也交给群众散发，在敌军和群众中造成了很大的影响。

靠人民永不忘

谭延年

1934年10月，中央红军主力撤退后，我们赣南军区和其他兄弟部队继续坚守在中央苏区，两三个月以后，敌人的包围圈越缩越小，逐渐逼近我们。为了突破敌人的包围，我们赣南省委机关、部队在省委书记阮啸仙、司令员蔡会文的率领下，于1935年春从雩都小溪出发，开始突围。在连续突围战斗中，省委书记阮啸仙同志中弹牺牲了，部队人员差不多损失一半。其余队伍冲出阵地后，以急行军的速度，迂回曲折地穿过了敌人的封锁。

我们来到小河游击区，它位于信雄边区的南区，是赣粤边游击区的组成部分。这个地区原来有一支三四十人的游击队。这支队伍在政委黄新炳的领导下，经常活动在凹背、杨口、老虎街一带，由于这支队伍尚能执行纪律，和群众的关系还好，所以平常群众都会帮助游击队侦探敌人，调查土豪的情况，甚至在夜间或下雨天，也能帮助他们背楼梯爬进土豪的围墙。在敌人"围剿"最严重的时候，群众能供给粮食，为游击队保守机密。可是，在黄新炳错误思想的指导下，这支游击队很少深入群众做政治工作，只知道打土豪，弄钱财，大吃大喝、滥花乱用。我们部队来到这里以后，黄新炳由于受不了严明的纪律，便于这年秋天，带着没收的7000块银圆，与工作团的四个人逃跑了，给我们游击队造成了严重的经济困难，也给群众造成了极不好的影响。

黄新炳逃跑后，这支游击队剩下的同志编入向湘林负责的游击大队，他们常常深入到五六十里远的白区去打土豪，号召当地群众去搬运土豪的米谷、衣服、农具等东西，宰杀土豪的猪牛，把没收土豪的东西分发给群众。当敌人离开原地，深入山区来"围剿"时，我们则挺进到敌人的后方去，对群众做政治宣传工作。部队所到之处，均受群众的欢迎和爱护。因此，在群众的掩护下，不管敌人如何"围剿"，我们仍然能够立住脚。

我在小河游击区工作了两个月之后，就到信丰油山去了。油山一带的群众基础比小河游击区的更好。这个地区有县委、区委的直接领导，加上这一带的群众1935年初曾被反动派赶到外山，群众对敌人的仇恨深，思想觉悟高，革命意志很坚决。

尽管敌人对游击区的"围剿"采用了各种各样的手段，我们还是坚持下来了。敌人"围剿"的手段总括起来有三个：第一个就是移民并村。妄图使我们得不到粮食和衣服而困死我们。可是，敌人万万没有想到，群众会用各种各样的办法替我们买东西、送粮食，比如他们被赶到外山去的时候，故意带少量的米粮，吃完了就找借口说要回家砻米，其实回家砻米，既给他们自己砻，也是给我们砻，能带进山里来的则带，不能带的就和我们约定隐藏的地点，晚上由我们自己去拿。

敌人企图困死我们的阴谋没有得逞，接着又用了第二个手段，即大砍山、大烧山。敌人为了寻找我们的踪迹，强迫上万名老百姓去砍山、烧山，如有违抗，就要遭到毒打。我们对付的办法是在砍山之前，就通过党员干部给群众做好工作，告诉群众用几条消极怠工的办法来对付敌人，同时还向监督砍山的国民党士兵求情，给他们讲道理、做宣传，说我们是耕田的，一天不下地就不能维持生活，全家老小都会饿死。有的士兵听了也感到同情，这样一来，老百姓就不砍山了，或砍得很马虎，国民党士兵看见了也装作不知道，不加干涉。因此，我们就可以继续到处活动，只是到了最后，敌人烧山时，我们才离开原地，到远处去活动，敌人的第二个手段也失败了。

接着敌人就采取了第三个手段，捕捉我们的人员，利用叛徒破坏我们的组织，破坏我们与群众的关系，敌人这个手段是非常毒辣的。在这个阶段，我们遭受了一些损失。记得在潭塘坑时，有一次敌人设下埋伏，把我们一个交通员捉住了，由于敌人的威胁利诱，这位交通员没能经受住考验，带领敌人围攻我们时，我们损失了好几名优秀的同志，朱赞宣等同志也被捉去了，反动派对他们进行审问、拷打，软硬兼施，朱赞宣等同志始终不讲。敌人没有办法，最后把朱赞宣等三位同志枪杀了。这个交通员的叛变，给我们造成了很大的损失，也给我们今后的工作带来了一些困难。

这里要特别指出的是向湘林的叛变，他叛变后给我们造成的损失更大。向湘林原来是赣粤边军分区的参谋长，这个人执行政策时，经常犯"左"的错误，军阀残余思想也很严重，对部下和战士动不动就体罚、殴打，甚至枪毙，在战士和群众中造成了极不好的影响。后来向湘林的担架员借上山砍柴为名，带来了一个连的反动派，把向湘林捉住了。在敌人的审问下，他把部队、机关负责人的姓名、住址，以及有关的群众等，统统都给敌人讲了。结果敌人把那些老百姓抓去枪毙，据说被害的有 10 多人，向湘林的叛变，给我们造成的损失是很大的，尤其是破坏了我们与群众的亲密关系。群众说："过去我们帮助你们探消息、送情报，什么都办，可是，现在却来陷害我们。"并说："参谋长是只恶老虎，他一咬谁谁就死。"这对我们确实是一个血的教训。

后来，我们总结了经验教训，在游击队内部加强思想政治工作，同时开展反叛徒斗争，对那些罪大恶极的叛徒进行了惩处，还以极大的精力，做好群众工作，挽回影响。

在游击队的策略上，以分散为主，时分时合，随时改变居住地点，使敌人摸不着我们的活动规律，无法找到我们。

敌人采取的这个手段，虽然给我们带来了一些损失，但敌人的阴谋终究还是破产了。我们一直坚持到国共第二次合作。

正是我们依靠了群众，维护了群众的利益，得到了群众的拥护、爱戴和支援，所以，在三年的残酷斗争中，我们仍然能保存力量，巩固了游击根据地。

在项英同志身边

肖平权　曹秀英

1935 年 10 月北山事件后，国民党军发现了项英、陈毅和赣粤边特委领导同志在北山地区的行踪，加重了对北山地区的"清剿"，形势非常严峻。项英、陈毅同志果断决定，领导机关立即转移，于 11 月间到达信康赣县委驻地潭塘坑，在这里召开了重要会议，确定了巩固老区，发展新区和领导同志分散活动的重大决策。

会议以后，项英同志留在信康赣县委，陈毅同志到南雄县委活动的地区，李乐天同志到信丰县的崇仙游击区。从此以后，我们便留在项英同志身边工作，担任炊事员和交通员，一直到国共合作，胜利下山。

1936 年 6 月初，当得到两广事变发生的消息后，项英同志把陈毅同志和特委领导同志找来，共同分析这个新情况，研究在新的形势下游击队怎样开展活动。项英同志指出："两广事变是两广军阀利用抗日的名义实行反对蒋介石的战争，它说明全国抗日高潮就要到来。我们的态度是反对军阀战争，实行抗日战争，变军阀的战争为抗日的战争。要抓住这个时机，向广大群众进行抗日反蒋宣传，打击国民党保安团继续对游击区的进攻，推动抗日高潮的到来。"赣粤边特委根据项英同志的上述指示，重新部署力量，积极开展活动，出现了三年游击战争时期少有的好形势。

1936年12月，得知西安事变发生的消息后，项英同志和我们一样，非常高兴，对我们说："在我党中央的领导和推动下，抗日的革命高潮马上到来了，我们在南方坚持游击战争的同志，要在党中央领导下，配合西北地区的斗争，广泛开展抗日民族统一战线，推动南方联合抗日的新局面。"当时领导同志都聚集在一起，开会讨论蒋介石被扣后的新形势，做出了重大决策。会后大家对蒋介石会不会被释放的问题争论得很热烈，多数同志认为，抓住蒋介石，杀掉蒋介石是全国人民的心愿，放掉他等于放虎归山，怎么能放呢？项英同志则认为可能放掉蒋介石。为此，个别同志还在背后说项英同志是右倾分子。可是过了不久，蒋介石真的被释放了。这时，一些前一段想不通的同志才说："还是项英同志看得准。"

项英同志从报纸上看到卢沟桥事变的消息后，立即写信，让交通员迅速送给陈毅同志。陈毅同志接到信，立即赶到项英同志住地，两人商量之后，召开了特委会议，确定了同国民党地方当局进行谈判、联合抗日的方针。一天傍晚，项英、陈毅同志找警卫班班长胡大炳谈话，要胡大炳送信给国民党信丰县大小窝区的区长，胡大炳以为领导同志在和他开玩笑，陈毅同志严肃地说："这不是开玩笑，是真的，是一件光荣的政治任务，必须明天一早出发，中午送到，晚上赶回。"胡大炳按时完成任务后，高兴地向项英、陈毅同志汇报了国民党区长如何热情款待他的经过。项英同志笑着说："大势所趋嘛！区长怎敢怠慢你。"

有的时候由于国民党对游击区封锁严密，游击队的经济和粮食发生困难。项英同志对我们说，越是困难的时候，越要注意执行政策，宁愿自己多受苦，也不能加重群众的负担。他还告诉我们，向群众借钱借粮，一定要打欠条，有借有还。有一次，我们向群众借米时，群众知道游击队困难，就送了一些蔬菜给我们。项英同志问："都记账了吗?"我们回答："粮食记了，菜没有记账，是群众送的。"项英同志严肃地指出："菜也应当记账，等我们有了钱时，如数归还。"有一天我们没收了土豪一头牛，项英同志知道后，对我们说："你们了解一下，看附近群众耕田缺不缺耕牛，如果缺，就送给群众。"我们到驻地附近了解以后向项英同志建议："眼下群众不缺牛，就把这头牛杀了，改善一下大家的生活吧！"项英同志表示，牛可以杀，但有福大家享，游击队一半，群众一半，每家每户都能吃上一点牛肉。

跟随项英同志的三年里，项英等领导同志的生活是非常艰苦的，衣食住行和普通战士完全一样。当时按规定，干部战士发一样的伙食津贴，月底结账，可以分点伙食尾子，分到项英同志名下的伙食尾子，他总是放在警卫员或炊事员手里，过了几个月，就拿出来买点菜加加餐，大家吃上一顿。项英同志喜欢吃豆腐乳，他说："这种菜味道好，香得很，很好下饭。"地下党员李绍仁知道后，经常送一些来，次数多了，项英同志问："绍仁，这些都是哪里弄来的？花多少钱？"绍仁回答他："这个东西，山区群众家家户户都有，过年的时候做的，便于保存，可以一年吃到头。给你的这一点点，都是群众真心实意送的，不必花钱。"项英同志说："不付钱，我就不吃了。"

1936 年的端午节，家家户户都做粽子吃。李绍仁知道项英不喜欢吃带咸味的粽子，就特意做了几个白水粽子送去。项英同志见粽子和大家吃的不一样，问绍仁是怎么一回事，绍仁告诉他，是自己亲手做的，"没有咸味，你喜欢吃"。项英同志非常高兴，边吃边说："感谢你们，感谢人民。"

项英同志抽烟很厉害，环境好时能抽上香烟，环境恶劣时，抽黄烟。他抽过的香烟头，有规律地丢在一堆。起初，警卫员总是把它扫掉。有一次，他到处找香烟头，我们感到奇怪，事后才发现，香烟供应不上了他就把剩下的烟头剥开，卷成喇叭烟又抽起来。有一次，肖平权做饭时，火放大了，锅底有些饭烧焦了，想把它丢掉。这事被项英发现，对肖平权说："你做饭技术好，遇上一两次烧焦了一点，也是常事，那不要紧，把它晒干，用来煮着吃，味道还更香。"

项英同志就是这样，艰苦奋斗，勤俭朴素，以身作则，带领大家渡过一个又一个难关，粉碎国民党一次又一次"清剿"，迎来了抗日革命高潮。

陈毅同志在我家

周　篮

　　我家住在大庾县池江的彭坑，是两省交界的地方。1936年的一天，陈丕显陪同一位身材高大的同志到我家里来，并对我说，这位老刘同志过去作战时，腿部负了伤，现在伤口复发，要我帮助他找些药医治伤口。当时，我见有一个挎驳壳枪的小鬼常跟着他，心里暗想，他一定是游击队的一个大官。

　　为了安全，他们在屋背岭的松树下面搭了个茅草棚。白天，到我家来换药；晚上，回棚子里住。那时国民党军队封锁山区，在坑口的弓里村驻扎了军队。进坑、出坑的人都要盘查，很难到外面买到什么好药，只好用土办法采草药给他治疗。每天，我从田圳上拔回一些辣蓼草、狗贴耳等草药，将辣蓼草加盐放到锅里熬煮，煮出药味后，就用水桶舀起，请老刘过来洗伤口，并用围裙盖住桶面，让药水热气熏伤口；然后，把狗贴耳和蚂蚁窝一起捣烂，制成药饼，敷贴在伤口上，再用布条捆扎好，每给他熏洗一次，就痛得他冒一身冷汗。就这样给他熏洗过几次，红肿的伤口竟慢慢地好了。

有一天傍晚，老刘坐在屋背桐子树下看书，他的警卫员潘聋牯坐在那里擦枪。我在门前的一条水圳边洗衣服，突然发现几十名国民党士兵进坑，已经快到我家门口了。情况万分危急，我朝着门前的一头猪骂起来："瘟猪崽，还不快回去，士兵老爷来了，不走就会一枪打死你！"老刘他们一听，知道敌人来了，赶紧从屋背上山，钻进了树林子里，躲过了这些国民党士兵。晚上，老刘下山来，跷着大拇指对我说："大嫂，你真有法子，当得一个诸葛亮哟！"

后来，为了防止敌人的突然袭击，又便于游击队活动，我给他们想了个法子，有什么活动就到门前那座阁楼上去。这座阁楼前面有一个窗口，视野比较开阔，透过窗口可以看到外面三条路上的动静，阁楼旁边还有一道侧门，侧门边摊了一块桥板，可以通向后山。这样，万一在窗前发现了情况，就可以打开侧门，安全地转移到后山去。

有一次，老刘和几个同志在楼上吃午饭，站在窗前的瞭望哨发现坑外来了国民党军队，连忙报告他们。

有个同志急忙拉着老刘走，但老刘却十分镇静，他走近窗前瞄了一下外面，不慌不忙地说："不要慌，还远着哩！把肚子填饱了再走也不迟。"说罢，他又端起饭碗，边夹菜边扒饭，还说："慢慢吃吧！不要噎住了喉咙。"吃完饭，他们便从侧门过桥钻进了后山。

老刘在山上看到敌人走了，又下山来，还蛮有兴趣地说："别看敌人这么气势汹汹，但我们有了群众就好办！他要打我们，摸不着；我们要打他，他跑不了。"

老刘在这里熟悉了，对我们总是有说有笑，就像自家人一样。有天晚上，下着瓢泼大雨，雷鸣电闪。老刘带着几个游击队员冒雨到我家来，他戴个斗笠，嘴里还轻声地哼着歌儿。我点灯出来一看，他们从头到脚都是湿漉漉的，老刘头发上的水还在不停地顺着鼻梁往下淌，可他却还笑着说："今天晚上洗了个冷水澡，真清爽！"

我赶快架柴生火，让他们烤干衣服，并问他们说："饿得蛮苦了吧！"

老刘却从口袋里掏出些水汪汪的杨梅来，说："你看，这不是很好吃的吗？山里要多少有多少，大城市的水果店还买不到哩！"

听他讲得那么轻松有趣，我却唉声叹气地说："你们这些好人，天天在山里钻来钻去，饭没吃，衣没穿，什么时候才能熬出头呀！"

老刘说："大嫂子，你不要急呀！等你娶了儿媳妇抱了孙子的时候，我们就出头了。到那时，我还要到你家喝喜酒哩！"

听他说得这样开心，我也开玩笑地说："我没有这个福气，你也没有那个福分，看你这脑袋只好戴斗笠，钻山坑！"

他听了，哈哈大笑地说："革命成功了，我这顶斗笠就要进博物馆，那时我戴的是礼帽了。"

有一次，我家丈夫打到一头野猪，知道他喜欢吃辣椒，就炒了一大盘辣椒炒野猪肉请他们来吃。老刘吃得津津有味，还边吃边对我说："我们在这里给你添了不少麻烦，有好吃的还要留给我们吃，你可要记下账来呀！等革命成功后，我们是要来还账的哟！"

听他说要"还账"，我生气地对他说："老刘呀！你这话说到哪里去了，要不是干革命的话，像你这样有墨水的人，我抬轿来请也请不到哩！"过去我们单家独户住在坑里，不是保长进坑派款，就是地主进屋逼债，每逢过年过节，还有土匪来抢东西，搅得我们日夜不得安宁。但是，自从坑里有了游击队后，这些家伙都不敢来了。游击队保护了我们群众利益，我们还有什么舍不得拿出来支援游击队哩！

老刘喜欢下棋。有一次，他和几位同志在我家阁楼上下棋，正下得起劲的时候，我把饭菜端上去了。老刘连忙摇手阻止我说："慢点，慢点，我要吃老蒋了。"

我端着两碗饭菜，站在他一旁好一会儿，老刘赢了这盘棋，高兴地说："我吃掉了老蒋，来开饭！"

我把菜放在桌子上说："要真的捉住了老蒋才好哩！"

老刘说："别看我们现在蹲在山沟子里，老蒋肯定要打倒的，星星之火，可以燎原嘛！一点星火要烧红万里江山。人民拥护共产党，我们一定要胜利的！"他的话给了我们很大的鼓舞。

老刘和游击队的同志们同我们真是心连心。大家在一起无话不说，慢慢地，我知道了这个老刘就叫陈毅，是游击队的高级领导。最使我难以忘怀的是，我"周篮"这个名字，还是陈毅同志给我取的哩！

有段时间，坑里情况紧张，他们已搬到较深的坑里搭棚住了。但是，一有机会，我就提一个竹篮装成进山打猪菜的样子，把饭食送到坑里去。

这年，过端午节，我家包了许多粽子。但想起来坑里的亲人，我就提了一篮粽子进坑去。路上不小心，踩着一块石头滑了一跤，脚板划破了皮，血不停地流。我挣扎起来继续走，总算走到了游击队驻地。

大家见到我，左一个"大嫂"，右一个"大嫂"，一起围拢过来叫我，陈毅同志一眼看出我跌了跤，亲切地走了过来对我说："大嫂，我们还不知道你叫什么大名呢。将来革命成功了，我们才好报答你呀！"

我说："乡下的妇娘子有什么大名，我姓周，小名叫三娣。"

说到这里，陈毅同志就提着这个竹篮凑到我身边说："我看这样吧，你经常提这只篮子给我们送东西，我提议你取名叫周篮，行不行？"他这一提议，大家都说好。

我也就掩着嘴巴笑着回答："叫这个名字也做得。"从此，大家就叫我"周篮"了。

1937年秋，赣粤边红军游击队跟国民党当局谈判，达成合作抗日的协议后，陈毅、陈丕显等率领游击队下了山，在小汾、弓里、板棚下等地集中整训，后来就开赴抗日前线了。

跟随陈毅同志打游击

宋生发

    1935 年夏，我带着罗士福指导员给我的介绍信，高高兴兴地来到陈毅同志的身边。当天晚上，陈毅同志找我谈话了。他盘腿在草棚底下的一条破被单上，微笑着让我坐在他的对面。

    "你是哪里人？"陈毅同志问。

    "江西省分宜县人。"我有些不自然地回答。

    "家里有些什么人？"

    "姐姐、哥哥、嫂嫂和我。"

    陈毅同志笑了笑。他掏出一支烟，点燃后又问："你在家做什么？"

    "学木匠。"

    "哦！你会打床吗？"

    "会。"

    "好，那我们今后可以不睡地铺，睡你打的床喽！"他开朗地笑起来，我也跟着笑了。

谈到这里，我的拘束心情没有了。他又问我："你为什么要参加红军呢？"

"红军是穷人，我也是穷人。"我未加思索地说了出来。

"那穷人遇穷人，不就更穷了吗？"

当时，我明知他是在说笑话，可是我还是一本正经地说："不，穷人团结起来力量大，可以打土豪分田地。"

等我的话一落地，他又接着问道："你打过土豪吗？"

"打过。"我说着，就把怎样打土豪，怎样参加农民协会、自卫队，1929 年 8 月朱总司令带着红军到分宜县时，我又参加了红军等，一五一十，详详细细地对他讲了一遍。我见他非常注意地倾听着我的谈话，心里感到很高兴。

"好！"陈毅同志站起来，双手拍着我的肩膀，"今天就谈到这里，以后我们有时间再好好谈，工作上有什么不懂的地方，多问问老同志。"他对另一个棚子喊道："潘聋牯！"

"到！"

陈毅同志说："我先给你们介绍一下吧：他叫宋生发，江西人，刚来的新同志；他叫——"陈毅同志拉长了声音，看了看那个偷看我的小鬼，"他有两个名字，真名叫潘益明；外号——因他耳朵有些背，大家都叫他聋牯，是我的勤务员。"

就这样，我给陈毅同志当了特务员。我高兴得一宿也没睡好。

第二天早上，天还墨墨黑的，陈毅同志就起来了。他先到山洞边捧着水洗了脸，然后走上来，一边甩着手上的水，一边说："聋牯，把东西整理一下，准备出发。"

那时候，陈毅同志到处跑，亲自检查县委、区委、游击队和交通站的工作。即使这样忙，有时间，还教我们学文化，记得我跟他当特务员的第三天上午，他就给我订了一个包教包学的合同：要一天学一个字，一年 365 天，学 365个字。

记得有一天，陈毅同志要到大庾岭下去开紧急会议。上午，我见他脚跷在一块石头上，轻轻地抚摸着，同时在大腿根上一个劲儿地抹当时唯一的好药品——万金油，我悄悄地走过去说："刘同志（陈毅），你的腿怎么了？"

"哦，有点痛。"

"痛？"

我不由得一愣，忙走去看。可是，没等我走到跟前，他就把腿拿下来了，若无其事地说："我这条腿呀，就是个活的气象台，刮风下雨，它总是先给我报个信哩！哈哈，东西准备好了？"

"准备好了。"我说。

"好，告诉聋牯，下午出发。"

吃过午饭，出发了。当时的天气很好，没有刮风也没有下雨，我们翻山越岭，走了十几里路的样子，陈毅同志就走不动了。

奇怪！过去行军他是很少主动提出休息的；有时我们提出来，他还用商量的口吻说："我看再走几里吧！天不早了。"可是今天……我和聋牯不由得站住了脚。

他见我们站住了，就靠着石壁坐下，两手按着膝头，十分疲惫地喘着气，聋牯走过去说："刘同志，你不舒服吧？你的脸色好难看。"

"哼！还笑话我？"陈毅同志笑道，"你的脸色比我好看不了多少！又黄又瘦，像个没长熟就枯萎了的苹果。"他的话逗得我们都笑起来。

休息了十几分钟，我们又向前走。陈毅同志的腿越走越不灵活了。我们要扶他走，他不要，一跛一跛地跟在我们后面。

黄昏的时候，我们到达了大庾岭下。乘开会的人还没到齐，陈毅同志叫聋牯去县委棚子里给他舀盆水。聋牯以为他要洗脸，所以盆里还放条毛巾。陈毅同志接过盆说："你们两人搞铺去吧，有事我叫你们。"

我们在县委棚子东南角找到一块较为平坦的地方。聋牯去找干草，我掏出小刀把地面刨平，刨着刨着，我忽然想起陈毅同志还没喝水，便放下小刀，从饭包里取出缸子，正要到县委棚子里去舀水，聋牯抱着一抱干草回来了。我把缸子交给他说："聋牯，快舀些水给刘同志送去吧，一直走了这么远的路，他还没喝一口水呢！"

聋牯伸了一下舌头，转身向县委棚子跑去。

去不多久，聋牯慌慌张张地跑回来，话都说不连贯了："老宋，老宋，不好了，刘同志腿上生了个大疮！"

"啊！你看见了?"

"看见了。我送水去的时候，他正蘸着盆子里的水在洗呢！哎呀！那条大腿全部红肿啦！"

他涨红着脸，急得打转转。我拉住他说："快，赶快动手铺铺。"

铺很快铺好了，我们就忙去请陈毅同志来休息，可是，走过去一看，他不在原来的地方了，只听见不远的树林里传来"嘿吱嘿吱"的声音。我拉着潘聋牯转身就往树林里跑。

只见陈毅同志坐在两棵相距约一米远的杉树当中，把受伤的腿横绑在树干上，脊背靠着另一棵树，两手按着大腿上的伤口，一点一点地拼命挤着，血水顺着伤口一股一股地向外流，下面的一大片黄泥地都被血水浸透了。

他见我们来了吃惊地抬起头，但仍满不在乎地说："咦，我没叫你们，你们怎么来了? 好吧！来了就闲不着，过来帮我挤挤脓血，伤口反攻了。"

他的脸黄得像一张蜡纸，豆粒大的汗珠簌簌地直往下滚，身上的单衣全部被汗水湿透。后来，我们给刘同志把伤口包扎好。

这时，开会的人也到齐了。我和聋牯扶他走出树林，来到县委的草棚底下。他坐下来，打开皮包，取出纸和笔，一面记着大家的汇报，一面和大家谈笑自若地研究问题。

游击队的生活是十分艰苦的，饿，是常有的事。饿，也是难受的事。1937 年 5 月的一天，躲避叛徒陈海领兵搜捕，我们翻山越岭，来到了一座大山，已经一天一夜没吃什么，疲劳和饥饿一起袭来。陈毅同志叫我打开用绳子缝了又缝的破皮包后，他又开始工作。我和聋牯默默地趴在他的身旁，一句话也不想说，心里直迷迷糊糊，想睡觉，但是又不敢睡，生怕发生什么突然变故，然而，不一会儿，还是睡着了。

　　当我醒来的时候，太阳已经偏西，陈毅同志还在聚精会神地看书。

　　"睡醒了？"陈毅同志搁下书本，温和地微笑着问我。

　　"嗯！"我用手揉了揉眼睛，心里有些不好意思，忽然，我看见潘聋牯枕在陈毅同志的腿上打鼾，口水把陈毅同志的裤子打湿了一片。

　　"潘聋牯！"我大声地喊起来。潘聋牯被我叫醒，他眨巴眨巴惺忪的眼睛，一看自己枕在首长的腿上睡觉，脸唰地红了。

　　肚子才怪哩，睡着了不觉饿；一醒，又饿起来。哎呀！

　　我们不知不觉地睡了几个小时，可是陈毅同志却一直在工作着，他该用了多大的克制精神忍受着这难以忍受的饥饿啊！

　　"刘同志，你饿了吧！"我们眼里蓄满了泪水。但我知道，就是问这么一句话，也是百分之百的废话。

"要是搞点米……煮一碗粥吃……多美呀!"潘聋牯眨巴眨巴眼睛,小声对我说。

"唔,你们饿了吗?为啥不早说呢,我们面前就有好吃的东西嘛!"陈毅同志看着我和潘聋牯,神秘地说,"潘聋牯,替我来上一碗!"

"怎么,你们还没有看见哪?"陈毅指了指山涧里一眼看到底的清水。

"喝水?"我和聋牯都失望地叫起来,陈毅同志微微笑道:"水是人身上不可缺少的东西,我们流了这么多汗,不喝点水补充补充还行?潘聋牯,舀上一碗嘛!"

听他这么一说,我们都笑了。潘聋牯跑到沟边舀了满满的一碗,陈毅同志接过来一口气喝干了,并像品茶似的啧啧说:"这水不错,又温又甜,你们两人也都喝上些吧!老宋,你再替我舀上一碗。"

陈毅同志一连喝了五六碗,我和潘聋牯也喝了不少。可是,越喝汗流得越多,陈毅同志脸上的汗水,吧嗒吧嗒地往下滴。

等呀等呀,好容易等到太阳落山,打柴的、砍竹的人都回家了,陈毅同志才停止工作,把破皮包从膝头上取下,站起来蹒跚地向山洞走去。

不一会儿,他抱着一大抱青草,眉开眼笑地走过来,说:"好了好了,米来了!"

"米?"我和潘聋牯都高兴得睁大了眼睛。

陈毅同志坐在一块青石上，一边劈着草叶子，一边兴冲冲地对我们说："这叫糯米草，江西人民把它当作喂猪的好饲料……"他摘了一大把叶子，拿到山洞里洗了，然后对我说："老宋，生火，我们煮上一碗，吃了好赶路。"

潘聋牯找来些干竹权和干野草，我把揉成拳头大小的一团糯米草塞进瓷缸里，放好水，就架在石头上煮起来。煮了不一会儿工夫，糯米草就在缸里咕嘟咕嘟地直冒泡，水变成鲜绿鲜绿的。

陈毅同志捞起一些，放进嘴里嚼着，连连说："好吃好吃。"并叫我们也赶快煮上些充饥。

我本想先尝尝再去煮的，一听说好吃，又见他的确吃得很香，就顾不得尝了，慌手慌脚也煮了两缸子，我捞起一些向嘴里一放，除了一股刺鼻的青草味外，又麻，又苦，又涩，还嚼不动。我们你看我，我看你，谁也不想咽下去。

"吃饱了没有……"我向潘聋牯挤了挤眼睛。

"好吃吧?"

"哎！好……"

我们刚说出个"好"字，陈毅同志就笑了，我们也跟着笑起来。

后来我们又扒了几棵野竹笋吃，不过，说实话，生竹笋还不如煮熟的糯米草好吃，只是拿它再一次填填肚子罢了。

天黑了，我们开始赶路。从江西的大庾，一直转到广东的南雄，一连跑了好几天，连草鞋都磨穿了，才把身后的敌人甩掉。

跟随陈毅打游击的岁月里，我得到了锻炼，受到了教育，多么想一辈子和他在一起。可是，1937 年七八月份，陈毅同志返回池江圩不久，就找我谈话了，打算让我去游击队工作，更好地锻炼一下，开始我不想离开陈毅同志，所以一直不答应。后来，陈毅同志给我做了很多的思想工作。

离别时，陈毅同志还送了我两条花毛巾，两双袜子，一双力士鞋，一把牙刷，一瓶牙膏，一个白底红花的刷牙缸，还有两个厚厚的笔记本。他说："这些东西送给你到游击队里用，以后要经常给我写信。"

就这样，我和敬爱的陈毅同志分别了，开始在新的岗位上继续战斗。

"游击司令" 李乐天[*]

叶树林

　　1934 年红军主力长征后不久，李乐天同志接到上级指示，离开了赣粤边去接受新的任务。

　　12 月初的一天，我们游击队在油山的槽里宿营时，游击队长曾彪同志说："李乐天同志率领大部队回油山啦！今天我们就在这里迎接他们。"随后，我们大家都高兴地打扫房子，杀猪做饭，做好各种准备，迎接大部队的到来。

　　在欢迎会上，李乐天说："主力红军长征后，中央革命根据地的主要城镇被国民党军占领了，为了坚持革命斗争，赣南省委根据中共中央分局的指示，决定组建赣粤边特委和军分区，派出一个营的部队，加强赣粤边区的力量，长期在这里坚持游击战争。我们原来在这里坚持斗争的同志和这次新到的部队要互相学习，加强团结。"他还向我们一一介绍

---

　　[*] 本文原标题为《"游击司令"——李乐天》，收录时做了适当修改。

了特委和军分区的领导。接着，特委副书记杨尚奎同志也讲了话。

1935年4月初，项英、陈毅同志也从雩都县仁风山区突围来到赣粤边的油山。项英、陈毅来到以后，即转到大庾县的长岭村，在这里召开了全体干部会议。会后，李乐天同志告诉我们，项英、陈毅同志是我们党和军队的高级干部，他们的政治和理论水平都很高。会议制定的方针和策略，关系游击队今后的生存，关系到游击区的巩固。长岭会议的方针最根本的一条就是积蓄力量、保全自身。

5月下旬的一天，李乐天同志找油山游击队长曾彪同志谈话，两人谈了很久。傍晚，曾彪同志率领队伍从油山出发，跳出广东军队的包围圈，夜行百里，直奔南雄县乌迳镇国民党军的据点，击毙靖卫团团总邱光华，缴枪10多支。第二天早上，游击队胜利返回驻地，我们问起昨晚的战斗情景，大家都说曾彪队长有本事。而曾彪却说："是李乐天司令员神机妙算。"

有一次，乐天同志随游击小分队到南雄县的孔江一带打土豪，筹集经费。傍晚，在完成任务返回游击根据地的途中，在南雄县的孔坑突然和国民党军遭遇，战斗打响后，有枪声也有炮声，同志有的说遇上了广东军队，有的说是地方反动武装，乐天同志十分肯定地说："是地方民团，人不少，枪不多，还有土炮，民团怕夜战，我们这次的任务是筹款，不和民团纠缠，边打边走，到前面的布庄村吃晚饭，然后返回油山。"果然不出乐天所料，我们在消灭了一部分民团后，从容地在布庄村吃了一顿大餐。大家佩服乐天同志有勇有谋，善于判断敌情，乐天同志则说是归纳同志们的意见得出的结论。

1935年冬，国民党军加紧了对赣粤边的军事"清剿"和经济封锁，游击队的生活遇到极大的困难。乐天同志通过南雄县地下党的关系，找到南雄县大塘圩的一家裁缝店的胡老板，帮助游击队缝制一批衣服，商定交货以后再付款。这位胡老板说话算数，按时送来了定制的几十套衣服。乐天同志非常高兴，对身边的工作人员讲："这位胡老板不错，对游击队支持很大，我们游击队可不能失信，一定要按时把钱送给胡老板。"他指派交通员陈妹子装扮成山里妇女，把二三百个光洋用纸卷成一筒筒，塞进一根毛竹内，乘大塘圩日，赴圩"卖"毛竹，通过国民党军设置的关卡，将钱送到了胡老板的店里。当时胡老板拉着陈妹子的手，说："游击队讲信用，说话算数，下次有什么吩咐尽管叫我。"就这样，定制衣服顺利地完成了。

乐天同志对部队的要求非常严格，经常对我们说："敌情严重，环境艰苦，我们都有办法对付，怕就怕我们脱离群众，游击队纪律松弛。"

一次，他发现有个同志在采购蔬菜时，没有付钱，很生气，严厉提出批评，说："我们不是土匪，也不是国民党的军队，而是人民的队伍。人民的部队绝不能损害人民的利益。"并要这个同志当天付钱给群众，向群众赔礼道歉。一次，他的警卫员刘燕贵因事请假回家，乐天同志说："应该按时返回，超过了时间我就不客气喽！"刘燕贵笑着说："司令员，如果超过了时间，就枪毙我。"乐天同志严肃地指出："明明知道超假是违犯纪律，就不应该这样干。在游击战争环境中，没有严格的纪律，部队就会垮掉。"

他不但对部队要求严格，而且自己以身作则，对上级指示，认真执行，毫不含糊。有一次，部队行动路过南雄县的新迳村，我对乐天同志说："司令员，到了你的家乡，应该回家去看看。"乐天同志笑着回答："事先没有向组织说明，不能随意行动，这次不回去。"

1936 年 1 月底，乐天同志和随行人员在信丰县的凹背村，被国民党广东军队 1 个营包围。在突围中，乐天同志腿部受伤，血流不止，他毅然甩开我们，大声命令："你们快走，我来掩护！"他举枪击毙了几个追上来的国民党军以后，将最后一颗子弹射向自己，为革命英勇捐躯，时年仅 30 岁。

我们的好司令李乐天同志为赣粤边人民英勇献身的消息传开后，当地群众冒着生命危险，连夜隐藏好他的遗体，安葬在南雄县的人子山上，以永远怀念这位人民的英雄，李乐天同志的光辉业绩将长留在赣粤边人民的心中。

杨尚奎同志在梅山

张健妹

我家原住在梅山地区的长坑里，与广东南雄交界，这里山高林密，地处偏僻。

1935 年秋，我们正在田里割禾，有三个陌生人向我们走来。他们身穿便服，腰插短枪，在田边笑嘻嘻地问我们知不知道他们是什么人。我摇头说："不晓得。"他们就告诉我说，他们是红军游击队。接着，又问我："耕的田是不是地主的？"我说："不是地主的，是有钱佬的。"他们听了就笑着解释说，地主就是有钱佬，这些人不劳动，吸农民的血就像蚂蟥那样厉害！我们听了蛮高兴。临走时，他们嘱咐我们要保守秘密，不要向外人讲他们来过这里。

过了几天，这几个人又来了。他们一边帮我们割禾，一边用商量的口气问我们有没有米和菜卖。因为头一次接触时我们就知道他们是游击队，这次提出要买粮，我转身就回家给他们量了六升米，抓了两把辣椒干。他们接过东西，说了感激的话，并拿了一筒铜圆（每筒52个）给我。我不肯收，他们便把铜圆放在田埂上就走了。

从此，他们每隔三五天就会到我家里来。时间久了，我才晓得第一次见到的那三个人的名字，身子较高的，叫老刘；稍微矮些的叫老穆；还有个小鬼，叫潘聋牯，是老刘的警卫员。不久，来这里活动的游击队同志更多了，其中有肖伟、涂福标等，还有女同志。他们来了，又是唱，又是跳，还向我们宣传"打土豪、分田地""穷人要翻身，就要干革命"，使我这个大字不识的坑里妇女，也渐渐地懂得了一些革命的道理。

长坑只有几户人家，大多是从广东老龙那边逃荒过来的。因为坑里土地少，除耕田外，还要种茶、种姜和砍柴。后来，山上的游击队越来越多，光靠我们几户人家解决不了他们的吃和用，怎么办？老穆同志就动员我当交通员，要我每隔几天挑柴到大庾城去，把柴卖了，买点米和胶鞋、电池等游击队急需的用品回来。

后来，老穆同志告诉我，游击队在大庾城驿使门外开了一个糖铺，叫"广启安"，是地下交通站。这样，每当我进城卖完柴之后，还到"糖铺"转一转，有时带点情报，有时带点报纸回来给游击队的领导同志。老刘最喜欢看报纸。每当知道我从城里回来后，就马上叫潘聋牯到我家里来取。

梅山地区包括长坑、黄坑、安背坑和嫦娥嶂等好几条坑。每条坑都有三五户人家。在黄坑，老穆以贫农黄赞龙家为落脚点，发展了黄赞龙、毛国华等同志入党。

我因担负交通工作，为游击队买过粮食和送过情报，组织上也把我列为发展对象，有时通知我到黄赞龙家开会，接受党的教育。慢慢地我懂得了穷人要翻身，就要加入共产党。于是，我提出了加入共产党的申请。经过组织批准，就在黄赞龙同志家里举行了入党宣誓仪式。那时根据我们的经济条件，每个月交三个铜圆的党费。

我入党以后，更加积极参加革命斗争。党叫我干什么，我就干什么。1936年，快割早稻的时候，听说广东军撤走了，老穆告诉我，这是两广事件，是反动派自己打自己。为了抓住这一时机，宣传共产党的主张和扩大红军游击队的影响，老穆和区委同志一起，赶写了许多标语传单，叫我们拿到大庾城附近张贴。我们接受任务后，就以进城卖柴为名，把这些五颜六色的标语传单，天亮前贴在大庾城附近的岔街口一带。围看标语传单的人，都不约而同地说："哎呀呀！红军游击队进了大庾城。"因为前一个时期，反动派欺骗宣传，说红军垮了，共产党失败了。有些将信将疑的人，看了这些标语传单后，真相大白。

在那艰难的岁月里，游击队为了保证安全，要经常变换住处，但也时常突然遇到危险。1936年，正当割晚稻的时候，老穆因事在黄赞龙家里。黄赞龙在挑谷回家的路上，忽然发现反动派的抄山队伍来了，他赶忙进屋告诉老穆同志，但要走已来不及了。他急中生智，把靠在墙角上的一个谷桶倒过来罩在老穆身上。谁知，反动派的队伍待下不走，好不容易挨到天黑，黄赞龙设法把敌人引开，老穆这才脱险。

老穆和游击队的同志在我们梅山一带打游击，时时关心群众，处处维护群众利益。过去，坑里的群众，不但要受国民党反动派的欺压，每当年关佳节之际，还要遭到土匪的抢劫。有一次，一伙土匪冒充游击队来坑里抢劫。游击队发现后，把他们消灭了。农忙时节，条件允许，游击队还帮助群众生产、莳田、割禾，样样都干。1937年春节，老刘、老穆等同志都在安背坑。年前，他们就托肖文添、吴己秀到大庾城里买了些猪肉、牛肉回来。老刘亲自做了四川菜和炸了米果，请我们这些地方党员和基层群众在一起，欢欢乐乐地过春节。

1937年六七月起，梅山地区的形势一天天好转。有一天，肖伟和一位女同志跑来对我说，国共两党合作了，游击队马上要改编为抗日义勇军，开到前方去打日本鬼子。还透露说，老刘就是陈毅同志，老穆就是杨尚奎同志。我们听了，既高兴，又难过。为了欢送他们北上抗日，黄坑党支部组织了欢送会，还发动每个男人打一双草鞋，每个妇女做一双布鞋送给游击队。不久，游击队的同志整装出山了，我们梅山的群众，一直把他们送到池江板棚下。

女游击队员吴炳秀[*]

陈妹子

　　红色赣粤边三年游击战争中，活跃着许多游击女战士。吴炳秀——我的妹妹，就是其中的一个。

　　吴炳秀是南雄县平田坳人，从小给我叔叔做养女。1933年，我叔叔参加革命到河东的中央苏区去了，她留在家里很受豪绅的欺负。我那时已经参加了油山游击队，是一名交通员。山上女同志少，我总想找个伴，想啊想啊，想到了吴炳秀。我马上向上级请示，得到了游击队负责人李乐天同志的许可。于是，一天夜里我摸回平田坳，动员吴炳秀上山，这鬼女子，听我一说便高兴地答应了。当晚，她杀了一只老母鸡表示庆贺，又拣点些衣衫首饰，同我奔往油山了。那年她才16岁。

　　从此，油山游击队多了一个女战士，不过是个像男孩子

---

* 本文原标题为《女游击队员——吴炳秀》，收录时做了适当修改。

那么调皮的女战士，笑不得的，她要笑；动不得的，她要动。有一回，一个马尾炸弹在她手里差点出事故。又有一回，她抓了一只石鸡，悄悄放进一个女同志的被窝里。晚上睡觉时，那个女同志刚躺下，吓得惊叫一声，跳下床来："闹鬼！闹鬼！"引起棚子里一片欢笑。

几年以后，吴炳秀长成大姑娘了。心灵手巧，长相鲜美，歌喉清亮，心眼灵巧。游击队员没有不喜欢她的，连那个被石鸡吓得滚下床的女战士也成了她的好朋友。可是，我却不尽然，在喜欢她的同时，又替她担心。她太大胆了，尤其她的恋爱问题，曾一度使我伤脑筋。

9 月里的一天，我和炳秀在一块儿学文化。昨天老师教我的文化知识，今天一早又跑回老师肚里去了。吴炳秀就在地上重新教我写写画画。她教我几个简单的字后，就若有所思地写一个笔画很多的字要我认。我睁大眼睛朝那个字看了半天，不好意思地摇摇头。

"'爱'字。"她说。咬起嘴皮子，笑着看我。

我说："难怪，笔画多，记不住。"

"不，这个字不学都认识的。"她又笑起来，"姐姐，难道你心里没有爱过什么人吗？"

我回答说没有。

"不可能，你骗我！"

我嗔怪她："这么说，你已经爱上哪个了？"

"嗯。"她嫣然一笑。

"谁？"

"你猜……"

我想了想，摇摇头，这哪能猜着啊！吴炳秀"咕"地一笑，大大方方地回答说："李乐天。"

我吓了一跳！李乐天？他家里已经有两个妻子了，这可不是闹着玩的。我沉下脸，斥责她放肆，拆散他人婚姻，决不允许。

"我偏要！我偏要！"她眼里闪着泪花，"我为什么不能爱？姐姐，你知道不？李乐天多痛苦啊！他老子为了阻止他参加革命，封建包办，讨了两个老婆来管束他。这是爱吗？李乐天一气出走，再也不回家了。姐姐呀，我爱他……"

"他已经有两个老婆了，怎么办啊？"我还是提醒她。

她回答说："怎么办？离婚呗！革命了，自由了，还不兴人家离婚？"

这鬼女子胆子真大。她不用人牵线搭桥，自己跑到李乐天那里，直直爽爽说要嫁给他。其实，他们俩早已暗中相爱。吴炳秀学文化进步快，全靠了李乐天的帮助。

1935年初，在帽子峰竹木交映的山棚里，她和李乐天结婚了。

当年，吴炳秀生了一个女孩。这止是三年游击战争最艰苦的年月，孩子诞生到这个世界上，睁开眼看到的是高山、森林，灌进耳听到的是敌人搜山的枪声。吴炳秀看见孩子在草丛中蠕动，脸上泛起的不是幸福的喜悦，而是母亲的忧愁和恐惧。她忙把孩子抱到一个飞瀑底下，让瀑布的吼声掩盖孩子不平的啼哭。

敌人出山回营去了。夕阳斜挂山坳，李乐天和同志们在山间寻找吴炳秀。她已经整整饿了一天了，当看见前来的同志们，她高兴得什么都忘了，跌跌爬爬地抱着孩子出来招手："喂——大家看，这毛女子像我还是像老李啊？"

大家这才松了一口气，李乐天把孩子抱过来，看了又看，亲了又亲，说："……不像我，也不像妈妈，我说她像山妖，谁叫她哇啦呜哩捣乱我们打游击……"

吴炳秀也随着大家笑起来，脸上泛起红晕，抢白说："山妖就山妖，下次还要生，生个山怪，看你还打不打游击……"

话虽是这么说，但背着孩子怎能钻山打游击啊！几个月以后，我又见到了吴炳秀。这时，她已经同意了李乐天的意见，把孩子送到新城一家姓李的人家去了。

她说等革命成功了，再生个胖娃子。话是说得轻轻松松，可我真替她难过。孩子临别连衣衫都没有，身体也不好，又没断奶。吴炳秀！唉！吴炳秀！

转眼到了1936年春。吴炳秀一直没空去看孩子。不久，又要与丈夫分别了。当时，赣粤边的形势非常紧张，游击队经常遭敌人袭击，我们天天在大山里周旋。这时，南山游击队与特委断了联系，情况十分危急，李乐天同志为了传达特委紧急指示，要去南山。吴炳秀赶来为丈夫送别。临走，李乐天同志说，从南山回来后，无论如何也得去看看孩子。吴炳秀也叮嘱他，别忘了买几尺布回来给孩子裁新衣。谁知这一分手，竟成了永别！

三天以后，李乐天同志带着警卫员，穿过层层封锁线来到南山地区，没有找到南山游击队，又在山里转了几天，不幸在信丰县凹背村被敌人包围。突围时，李乐天同志身负重伤，不能行走，他击毙敌人数名，一直到剩下最后一颗子弹的时候，举枪结束了自己的生命。

噩耗传到油山，人们无不悲痛。但吴炳秀同志却还不知道，大家看到她，都含着眼泪远远避开，不忍心啊……

住在彭坑的陈毅同志知道后，批评了有关同志。他说，李乐天同志牺牲了，我们要化悲痛为力量，为什么瞒着吴炳秀同志呢！那天，陈毅同志亲自找吴炳秀谈话。说正题之前，陈毅同志取出一小捆布。这是李乐天同志刚下油山经过一个圩场时给孩子剪的布，一直寄放在交通站，李乐天同志牺牲后才转来特委。当时，吴炳秀同志接到这小捆布可高兴了，以为李乐天同志回来了！

陈毅同志沉吟半晌，说："炳秀同志，有一件事，我得告诉你……"

"什么事？"

"你坐吧。"

"我不坐，你说吧。"

"炳秀同志，你要挺住，李乐天同志……牺牲了。"

吴炳秀愣住了，望着陈毅同志。陈毅同志不安地在棚子里走动，断断续续说着她丈夫牺牲的时间、地点。这时候，"扑"的一声，那捆布从吴炳秀手里掉了下来，她好像才明白过来，浑身哆嗦，胸脯一起一伏，仿佛山棚子忽然变矮了，变窄了，空气不够呼吸了。她一头扑在棚柱上，悲痛哭泣。棚外，风不吹，树不摇，只有不远的飞瀑发出叫人寒心的呜咽似的水声。

这天，吴炳秀饭不吃，茶不喝，人也骤然瘦多了。我们都陪着她难过。半夜，棚里亮着灯光，炳秀没睡，静静地在灯下缝补什么。我悄悄走近一看，她把那块给女儿的布，缝了一个长长的口袋。这是用来装光洋的，那时，她和陈丕显等同志分在小汾打游击，她负责经济管理。这种长口袋可以塞进一二百块光洋，把袋子缠在腰间，行动方便，又不易被人发现。

"这布不是给孩子裁衣衫的吗?"我看着她缝的长口袋，这样说。

吴炳秀深深地叹了口气，说："老李死了，看女儿一时也去不成，我把布先用了……"她停住，抹了抹眼泪，又说："姐姐，你不要替我难过，我挺得住。"

从此，在油山山脚下就活跃着这样一个女游击战士：腰间别支手枪，衣内缠满装光洋的袋子，白天爬山越岭与敌人周旋，夜里就下到山村组织抗日救亡室，宣传抗日救国。

不久，我送信去梅山一带，被敌人抓住，投入了监牢。

直到陈毅同志来大庾谈判，国共合作了，我才被放出来。那时，同志们驻扎在池江弓里，正待改编，战友相见，分外高兴。我在人群中寻找："炳秀呢？"

有个同志小声地告诉我："炳秀牺牲了。"

"什么？她牺牲了？"我简直不敢相信。

1937年4月的一个晚上，吴炳秀、吕新洪、孔炳生、丁祖怡四位同志，来到小汾秘密召开党员会议，传达和布置新的工作。深夜会议结束，四位同志住在小汾屋后的菜园里。天不亮，从南雄来的"铲共团"突然包围了村子，到处搜查。吴炳秀和几个同志清楚地听见院墙外敌人的叱骂声："去他妈！快把这里的土匪交出来。"

"我们是种田人啊！我们没藏土匪啊！"

"没有？搜出来，全村烧光、杀光！"

吴炳秀和几位同志想开枪突围，但又担心连累群众，于是决定翻过菜园的高墙，往山上跑。丁祖怡第一个跳出院墙，吕新洪、孔炳生接着也跳过了墙。他们正待跑时，才发现吴炳秀同志还没爬过墙来。吴炳秀同志身上缠着一二百块光洋，很笨重，怎么也爬不上墙。这时，吕新洪、孔炳生又翻回园内，要把吴炳秀扶上墙头，但是来不及了，墙外的敌人蜂拥而上，吴炳秀等只好转身拉开菜园门冲出去，没跑几步，又有敌人拦住，大喊："站住。"并且把吕新洪、孔炳生抓住了。吴炳秀急忙转身，朝一条田塍跑去，还没到田塍的一半，敌人的手电筒照见了她，一阵乱枪，响天震地，吴炳秀同志旋转一下身子，倒在晚稻田里，鲜血在她周围的水里慢慢地散开，装光洋的袋子破裂了，白晃晃的光洋撒在她的身边，像是哀悼的白花。

他们为了我们革命的事业，献出了宝贵的生命！我们将永远铭记他们，永垂不朽！

骨肉情谊[*]

陈丕显

三年游击战争期间，敌人经常采用移民、并村、搜山等手段，企图困死、扼杀游击队，所以，我们在给养上所遇到的困难，是人们难以想象的，在那种情况下生存下来是一件很不容易的事情。在粉碎敌人搜山封坑的斗争中，我们之所以能够战胜困难，最根本的还是由于我们游击队员对党始终怀有坚强的信念，并得到了群众的积极支持。

1935 年冬，一场大雪后，我们被困在深山里，与山外群众的联系，几乎完全隔断。粮食已经吃光，野菜也没法寻找，大家都在发愁。

这时，指挥机关派出去搞给养的事务长回来了，他历尽艰险带回来一布袋的大米和干菜，大家高兴得不得了。当他从布袋里往外掏大米和干菜时，还喜冲冲地说："不用发愁

---

* 本文节选自《赣粤边三年游击战争》，收录时做了适当修改。

了。山林里到处有小仓库，要米有米，要盐有盐，老表们都替我们准备好了。"大家听了都跑进树林里去找"仓库"。有的找到一根做了记号的竹杠子，拉开杠头的塞子，果然淌出了白花花的大米。有的扒开小土堆，取出一只陶瓷缸子，揭开盖子，香气扑鼻，原来是黄澄澄的茶油。当炊事员老黄找到了一缸子盐时，有的同志又叫了起来："呵，辣椒、萝卜，还有咸鱼、牛肉干呢！"

这些粮、油、菜、盐是哪里来的呢？后来了解，是这么一回事，随着移民并村搬到山外去的群众，同游击队联系不上，也非常着急，就到敌人那里去闹，说我们从山里搬了出来，在山外没有饭吃，没有柴烧，让我们进山去种地打柴。敌人是不会掏腰包养活老百姓的，就不得不答应群众，除了在初一、十五"开禁日"允许自由上山打柴外，平日也只好派出队伍押着群众进山。群众就乘机把干粮、食盐、干辣椒、咸鱼、腊肉、报纸和敌人活动的情报，带到深山里，四处一丢。我们得到消息，晚上去一摸，便得到了供给。

这个办法，渐渐地被敌人发觉了，敌人对进山群众搜查很严。于是群众又想出了新的办法，他们把挑柴的竹杠的竹节打通，里面装上米、盐和其他食物，然后把这根竹杠丢在山上，下山时另砍一根竹子当竹杠，挑柴回去。

这个办法，又被敌人知道了。狡猾的敌人就躲在群众打过柴的地方，伏击游击队。我们吃过亏后，也就特别警觉，一定要看准了才去拿，或者乘机调动部队打他们一下。有时，敌人也用丢东西在山里的办法来诱使我们上当，但我们早已从群众那里得到了情报，根本不动它。过了几天，敌人看看他们丢的东西还在，以为这山没有游击队了，就不来搜山，我们倒可以过几天太平日子了。要是偶尔山上的老虎把敌人丢在那里的东西吃掉，游击队得赶紧转移。

群众不仅冒着生命危险给我们送粮食，送干菜，而且想方设法为我们送情报，做掩护。

有时，国民党军队突然封锁一个庄子。挨门挨户地清查，随便捕人。被捕的群众从切身的体验中知道：在敌人的淫威下，硬是撑住不讲，也许还可以活；如熬刑不过讲了，讲一个就会追十个，一牵一大串，最后是自己死，而遭殃的人也更多。因此，就是被敌人打断手，打断脚，打得死去活来，也是不吐半句实情，要死就死一个，决不害共产党。有的儿子被捕了，母亲就给国民党连长送老母鸡，连长收下老母鸡，在母亲身上踢一脚："滚你妈的。"母亲倚在门槛上哭，哭得连长不耐烦了，骂了一句："他妈的，去，劝劝你的儿子。"儿子被吊在屋梁上，早已被打得半死。母亲一面擦抹着儿子身上的血，一面哽咽着对儿子说："连长大人要我劝劝你，你要知道好歹，千万别乱讲。"那儿子听了这样的嘱咐，也就心里明白，更加坚定了。

有时，敌人对靠近山区的在他们看来是"最不可靠"的庄子，采用"欲擒故纵"法。在那些庄子里敌人知道游击队常常出没，却故意不驻守一个兵，也不来清查户口。过了几个月，他以为游击队麻痹了，不再警惕了，就突然把那些庄子包围起来，等待游击队的人来。这时群众通知游击队是来不及的，但群众有的是办法。庄前庄后，庄里庄外，场坝外边，窗户里边，树梢墙头，到处都有群众与游击队约定的暗号。比如，敌人见到在村头放牛或打猪草的群众，就喝问："土匪在哪里？"群众说："不知道。"敌人说："回去！"群众说："回去就回去。"群众随手把赶牛的鞭子往草堆上一插，或者把割草的篮子往竹篱上一挂，游击队看到这些暗号就不进村了。到了夜晚，群众放哨，也和我们约好了口令。如果国民党的兵来了，答不上我们的口令，群众就故意一面叫喊"土匪来了！"一面向他们放土炮、鸟枪。有时，狡猾的敌人故意蓄着长发，留着长胡子，穿着破烂衣服，蓬头垢面，化装成游击队员或红军伤兵，在游击队驻地附近或赤白交界区，深更半夜敲老百姓的门："同志，同志，请开门，我是打散的游击队，讲讲阶级友爱，弄点饭吃吃……"老百姓要是答了话，开了门，马上就会被抓起来。不过，那时，群众的警惕性也很高。对陌生人叫门，固然不答应；就是很熟的人，夜里也不随便开门。只有听出口音，听出是自己人才开门。

有一次，在一个漆黑的夜晚，敌人装扮成游击队，到离我们驻地不远的王老头家喊门。斗争经验丰富的王老头，一听装模作样的喊门声，心里便有底了，他根本不理睬。那些家伙死命地叫了一气，不见开门，就使劲把门打开，擅自闯进屋里来了。他们见了好吃的东西，就拿来吃，边吃边说什么他们经过了多少艰难困苦，好容易才来到这里的。

王老头见这光景，心里完全明白了。于是，他就咒骂起来："你们是土匪，快给我滚开。要不，我就要去报告国军了。"那些家伙装模作样地说："不，不！别误会。我们真的是红军。"王老头听了，骂得更凶了。他老婆拿起扫帚，警告那些家伙："你们快给我滚！再不走，我就要把你们赶出门了。"

厚颜无耻的敌人，挨了一顿臭骂之后，竟窃窃私语，哈哈大笑，还伸出大拇指，连声称赞说："你们呱呱叫，呱呱叫！……"随后，像狗一样夹着尾巴溜了。老两口儿倚在门口，指着敌人的背影，愤怒地骂道："什么呱呱叫，呸！"

在赣粤边三年游击战争中，群众舍生忘死地支援游击队，与游击队的这种情谊，是经受了长久的战火锻炼，绝不是偶然的，也正是这种骨肉情谊，支持着游击队不断发展壮大。

扎根赤白交界区[*]

陈丕显

1936 年初，我和油山区委的几个同志，根据项英、陈毅同志关于"巩固老游击区，发展新游击区"的指示，到彭坑、黄种一带开展工作。我们和当地群众做一样的装扮，蓝衣服，黑头巾，避开大路，穿过山崖小涧，去到了那里。

由于敌人的封锁虚假宣传，以及我当地党组织过去执行错误政策的影响，在赤白交界地区，山里山外的人存在对立的情绪。山里的人外出很麻烦，山外的人进坑，没有保人也不会顺利。而这条山沟，这时只有几户人家，离敌人又近。在这种情况下，我们活动不便，物资补给尤为困难，要立脚、发展，并不容易。

我们到达目的地后，我和廖正文、吕新洪、彭妹子、曹秀英等同志，秘密地挤在葵花坑的茅棚里，拟订了一份工作

---

* 本文节选自《赣粤边三年游击战争》，收录时做了适当修改。

方案。我对大家说："我们的工作要像钉钉子一样，一步一步地钉牢在这一带，深深地扎下根子，把赤白交界区变为游击区，把工作推向平原。在实际工作中，必须严格遵守红军的群众纪律，努力消除赤区的人民与白区的人民之间的隔阂。"

我的话音刚落，长期在这坚持斗争的游击队长曹水清同志说："对！我完全拥护！过去那些做法，给我们吃的苦头，已经够了。现在我们就按照新的政策来干吧！"他把手一挥，指着山下说："就拿彭坑来说，刘汉光是忠实可靠的；他的妻子三娣经常给我们送饭。我们可以通过他们，串联发动，着手建立贫农团。"接着，大家都发了言，提了建议；最后，分头奔向彭坑和各个屋场（村庄）去了。

我们把刘汉光的家当作"立足点"，他们全家更把我们当作亲人。刘汉光的妻子三娣，为人忠厚，又很能干，还懂得许多革命道理。除担负繁重的田间劳动和家务外，她还给我们送饭、买东西。我们请她办的事，她都努力去办。

有一段时间，陈毅同志和我住在三娣嫂家后山上的草棚里。三娣嫂每天总是提个竹篮子，借口上山打猪草，把油、盐、菜、米送到草棚来。端午节那天，三娣嫂还提着一篮粽子送给陈毅同志吃。陈毅同志看着这些充满革命情谊的粽子，非常激动，亲切地问她："表嫂，你叫什么大号呀？"

"我姓周，妇娘们没有大号，小名叫三娣。"她回答说。

"闹革命嘛，男女平等，你也该有个名字啊！"陈毅同志风趣地说。

"好是好，只是我没文化。你给我起个名字吧！"她说。

"这样好吧，你天天给我们送饭、买东西，手里少不了一个篮子，就叫周篮吧！"陈毅同志想了想，爽朗地笑道。

大家赞同这个名字，认为很有纪念意义，周篮自己也很满意她的新名字。

一天，陈毅同志坐在周篮家屋后的石板上看书，警卫员宋生发和潘聋牯坐在旁边擦枪。突然，周篮家的猪狂叫起来，原来是一群国民党兵窜到彭坑来了。这时，周篮嫂正在门前河沟洗东西，发现敌人时，要赶回屋后通知陈毅同志，已来不及了。她急中生智，用石头打猪，边打边大声叱骂："你这只死猪，还不快跑回厕里去？这么多兵来了，会一下子把你打死的。"陈毅等同志听了，连忙转移到深山里去。敌人搜查了周篮的家，但什么也没有捞着，就溜回去了。事后陈毅同志感激地说："大嫂，你真有法子。"

我们有了这样的落脚点，就开始组建贫农团。1936年初春的一天，油山中心区委在蛇子坑的棚子里筹备弓里贫农团的成立大会。这一天，据了解没有敌情，大家一早起来就忙着布置警戒，愉快地生火，安排"会场"。

我们正忙着，忽然听到山鸡叫了，叫声由远及近。这是信号，有人来了。廖正文连忙向我招呼一声："来了！"

我隐蔽到石咀后面，透过树丛往山下一看，果然有一个人，他在坑口左看看，右看看，两手抓住柴担，猛一蹿进了林子，躲躲闪闪地向我们山上奔来。在他身后，并没有拖着国民党的"尾巴"。

他上来后，我就招呼他："黄克连，你早啊！从兰村来吗？"

他抬头看见我，惊喜地答道："阿丕老陈，你更早哩。你还记得我住在兰村？"他摘下头巾，头上热气腾腾。

"怎么不记得？头年你进坑割晚禾的时候，克廷不是介绍过吗？"

"对，对！从那以后，同志们还给我讲了许多革命道理哩！昨天晚上通知我开会，我高兴得一夜没有睡好，今天天蒙蒙亮就起来了，生怕误了大事。"

人来多了。克廷、克连、克纪、克扶、克轮和传仕等，几乎全是姓黄的，一共十几个人。有的背着筐子，有的挑着柴担，三三两两地登上山来。

人到齐了，我对廖正文说："找几个同志帮他们打柴吧，等他们开完会，好下山。

几个游击队员应声拥过来，七手八脚地把柴担、柴筐搬着就走，来开会的人急忙起身阻止，双方互相友爱地争执起来。我说："打几担柴算得了什么，这不也是应该的吗？要不，大家空着担子下山，反动派盘查起来，怎么回答？"他们才没有话讲，围着炭火坐了下来。

这时，曹水清向我示意，岗哨没有发现敌情。

弓里贫农团的成立大会就这样开起来了。在这个会上，许多人都激动地倾谈自己的认识，表决心。贫农团成立了，黄克廷当选为负责人。选举后，我高兴地对大家说：你们参加了自己的组织，要努力工作。"天下穷人是一家"，大家都有责任向贫苦农民宣传，介绍好的对象加入组织，人多，力量就大了。

散会的时候，大家挑起了游击队员打好的柴火，兴致勃勃地挑下山去。他们下山坡，过小桥，有说有笑，十几个人一行，柴火沉甸甸的。

由于敌我力量悬殊，我们遵照项英、陈毅同志的指示，在政策上做了一些调整。对贴"反共"标语应付敌人的群众，不予追究。对个别反水的农民，采取宽大的教育政策，除造成很大危害的以外，一般就让他们回家生产；万不得已需要镇压的，对他们的家属也给予生活出路。

政策上的调整，得到了群众的热烈拥护。一些被迫搬出山坑的群众也纷纷回来，坑里的人多了，贫农团的发展就快，不久好几个地方都成立了贫农团，每人每月还交三五个铜板的团费，表示对组织的忠诚和爱护。他们知道山上粮食困难，秘密开会做出决定，把弓里的 25 石公堂赈谷打成米，通知游击队员夜里去挑。他们为红军游击队送情报，割断敌人电线，勇敢地参与了火热的斗争。在这个基础上，我们把其中的优秀分子吸收入党，把青年中的先进分子吸收入团，逐步建立和发展了党、团组织，把广大群众紧密地团结在党的周围，渐渐形成一个坚强的整体。

就在这一年的重阳时节，我们进一步发展大墩（平原）工作。在大洋坑举行集会，检阅了自己的队伍。

　　一天早晨，游击队员们穿过茫茫重雾下到屋场，布下了隐蔽的岗哨，并且宰掉了买来的一只大白鹅，回到山坑，大家把鹅肉放到盆里炖起来，等待着来到这里集会的人们。不久，彭坑、黄种、小汾、平田坳、弓里、兰村，还有板棚下、露箕坑的人，陆续来到山坑，有的从大路上来，有的从山砭上来，有的从林子里穿过来，方圆数十里的人，聚会在一起，汇报了情况，研究了工作。最后决定，彭坑、小汾、平田坳、弓里各成立一个贫农团，并推选了适当的人负责。

　　散会了，将锅盖揭开，喷香喷香的美味就冒了出来。我们把炖好的鹅肉端上来，大家围坐在一起聚餐，迎接革命转折点的到来。

三南游击支队[*]

张日清

1936 年 8 月，根据赣南特委指示，三南游击队和南山游击队、南雄游击队、崇仙游击队合并，改称为三南游击支队，邓金莲、赖水西同志分别担任正副支队队长，我为支队政治委员，刘震英为副政委。

9 月下旬，蒋介石施展诡计，派嫡系第四十六师到赣南，全力对付我赣粤边游击区。紧跟着江西保安团、赣南各地的地主武装也跟着嚣张起来，这三股敌人纠集了 1000 多人，对我青龙山中心区实行"清剿"。

由于没摸清四十六师的脾气，我们就到崇仙一带山中暂避锋芒。没想到，信丰保安团已在这一带"驻剿"，只得又回到青龙山腹地游击中心区来。

短短的几天，这里已不是走时的景象，摆到游击队面前

---

　 * 本文节选自《艰难的历程》，收录时做了适当修改。

的是一片惨状，鸭卵洞的民房被敌人烧光了；船寨、坪岗山土围子附近的所有村寨也烧光了，小姨坑的废墟还冒着余烟。老表们被敌人赶到土围子里押起来了，所有群众每天都只能在匪兵监视下到田里干活；进山砍柴的，不仅严格检查，而且还划定区域，太阳西斜就得进围子。

不能同群众沾边，我们比什么都难受。我也有点急躁，准备采取"老鹰抓鸡"的办法，闪电袭击坪岗山的敌军，教训一下四十六师。

队里几个干部碰了碰头，有同意打的，也有不同意打的，在大家的议论中，我慢慢冷静下来。这时，陈毅同志"要打赚钱仗，不做赔本生意"的嘱咐又在耳边响起，把我引入了深深的沉思中：打坪岗山为群众报仇，这在政治上是有意义的，但在军事上只能是突袭一下就走，不可能从这一仗中得到什么补充，这无疑是个消耗仗，打这样的仗不仅人赔不起，就是弹药也赔不起。

我做了自己的工作，又做同志们的工作："现在的形势还不允许我们面对面地和敌人较量，更不能硬拼。我们只能把一口口闷气吞到肚子里。"

又过了几天，我们还是一筹莫展，见群众见不着，打敌人又打不得，怎么办呢？我们几个队干部成天商量着、研究着。最后，比较一致的意见是去捅敌人的老窝。

现在敌人重兵在我中心区，老窝肯定空虚，不妨来个你打你的，我打我的，捅到敌人背后去，打得赢就打，打不赢就进山。

中秋节前夕，我们迅速把分散隐蔽的分队收拢，在一个秋风凉爽的深夜钻出了敌人的封锁区，来到陂头东北面的丛林中，随即派人到基层群众中了解情况，准备突袭陂头。

陂头内住着200多户人家，70多个店铺，是伪区政府的所在地；保安团一个大队部也在这里，东面的田螺寨驻着四十六师1个营，敌人控制十分严密。

据侦察，敌人虽将大部人马调往山中"剿"我去了。但还有两个连的兵力留守，后方并不十分空虚，我们感到不好动手，有些进退维谷。

正当举棋不定时，群众又冒险跑来报告：吴保长要回家过中秋节。

吴保长是陂头地面的一霸，乡下有良田千亩，圩里开着店铺，这家伙一贯仗着反动政府的势力敲诈勒索，鱼肉乡民，无恶不作。群众几次要求游击队为民除害，皆因他经常待在圩里而无从下手。

中秋这天，吴保长果真回家过节了。掌灯时分，十几个队员借着山脚树林掩护，突然闯进了吴家的土围子，正在吃团圆饭的吴保长一家，吓得乱成一团，筷子酒杯掉了一地，鸡鸭鱼汤溅了满桌。吴保长到底是个狡猾的狐狸，见游击队登门"拜访"，转身就往屋后跑，妄图从后门逃掉。队员韩德顺早盯住了他，飞步抢上去，顺势在背后猛击一掌，"咕咚"一声，吴保长嘴啃泥，摔得鼻青面肿，接着被两个队员捆绑起来，我们立时鸣锣召集群众大会，听说游击队抓住了吴保长，群众很快蜂拥而至，这个死有余辜的地头蛇，来不及辞堂别妾，就被我们当众镇压了。

镇压了吴保长，我们用"中国工农红军三南游击支队"的名号，到处张贴布告，意在使敌人知道游击队到了陂头，好调虎离山，叫他从我游击根据地中心撤出。

不久，我们又镇压了回老家的定南县政府的第一科科长钟国容。

在外线闹了两个多月，估计敌人在中心区见不着游击队，会撤兵到外线找我们。于是，全队回到青龙山进行短暂时间的休整。

果然，敌人的封坑并村稍有松动，船寨、坪岗山一带的群众进山砍柴、下田劳动已没有匪兵监视了，县委工作团的同志能够在山上见到基层群众了。

见此情景，队员们都很高兴，准备稍加休整，再度向敌人打去。这时，特委来了一个命令，要我们迅即打到敌人背后去，"牵牛出山"，配合特委组织的反"清剿"、反"搜山"，粉碎蒋介石妄图三个月把赣粤边游击队吃掉的阴谋。并指示我们接到命令后立即出发。我们做了一次认真的研究后出发了，目的地是南雄。

1937年元旦节刚刚过去。一个寒气袭人的夜晚，天色乌黑，伸手不见五指，加上毛毛细雨，道路泥泞。走到半夜，队员们的衣服湿透了，肚子又饿，真有点寸步难行。但为了争取战机，艰难地摸黑、踩着泥泞向前走着。

天亮之后，同志们你看看我，我看看你，互相笑着。

"小残废，看你那个泥猴子样！"老聋牯笑小残废。

"还笑我哩。你到溪水里照照，和那饿瘦了的泥菩萨差不差？"

经过三个昼夜的艰难行军，终于到了南雄的水口圩附近。从社迳向西百十里路，这里本来驻有敌军一个连和一个保安中队。此时，都调往青龙山和油山"清剿"我游击队去了。圩里只有保安队留守的两个班，每逢圩日便设卡收厘金税。群众买斤把竹笋、蔬菜，买只鸡鸭也要被他们卡去几成，老百姓敢怒不敢言。

一个圩日的上午，游击队的长枪班埋伏在圩边的山上，短枪班化装成赶圩的群众，有的将枪藏在捆好的柴里，有的将枪放在米箩内，分批进了圩镇。两三个一伙，三四个一帮，有目的地接近哨卡，跟定保丁，联保处的门口也蹲上了人，规定了统一信号，内外配合。

上午10点钟，一声枪响，队员们听到信号，迅速取出枪支，犹如出山的猛虎，奋勇扑向各自的目标。长枪班消灭了哨兵之后，也迅速奔进圩场。不一会儿，税卡的枪被下了，保丁的枪被缴了，联保处的人被堵在房子里，不到20分钟，整个战斗结束了。

接着，我们一路上又在水口附近的南亩、马前迳打了两个土豪，每行动一次换一个名号，弄得敌人不明虚实，搞得土豪劣绅惶惶不可终日。

特委给我们的任务是"牵牛出山"，"牛"不出山，牵牛的绳子就紧紧拽住，而且越拽越紧。将近 20 天，敌人沉不住气了，调回两个保安中队在我们后面尾追。

一周后，我们转到了虔南（今称全南县）刁公坑，发现敌人已到山下，妄图分东西两路对我们"围剿"。我佯装不知，80 余人分成几组在山间割草、砍树，搭棚宿营。还生火做饭，故意将目标暴露给敌人，并安排基层群众向敌人报告，说在山里发现游击队搭棚，促敌夜来劫营。半夜，我们全队悄悄撤离，留下两名队员做金钩，钓敌人狗咬狗。

次日凌晨三四点钟，敌人果然分两路劫营来了。我们的两名队员不慌不忙转到侧翼观察，只见敌人慢慢地爬上山顶，朝我搭棚处运动。"轰隆"一声，一枚手榴弹在左后方敌群中炸响。"啪啪"两枪，右路敌群中有人中弹倒下，几乎在同一时间，两路敌群中都喊起来了"打"的命令。霎时间，"噼噼啪啪""轰轰隆隆"的枪弹声燃放鞭炮似的在山岭上响起，越来越激烈……

两个队员见敌人已上钩，高兴地说："好热闹啊！"随后，在树林中迅速追上部队安全转移了。

走了三四里路，敌人的枪声才停下来，后来听群众说，这一夜敌人互相打死 20 多人。

敌人封坑并村卡不死我们，游动寻衅占不着便宜，便改为集中兵力分区"围剿"，企图用收网战术将我们困住。根据特委"牵牛出山"的指示，我们跳出敌人"清剿"区，在他的背后放开手脚打土豪，毙民团，伏击小股寻衅的敌军，几个月里在各地筹集了 5000 余块光洋，缴获了一批枪支弹药。

敌人在我们中心区分片"清剿"，见不到游击队，自家老窝反而受到威胁，土豪劣绅们请求派兵保护。无奈，只好撤兵回驻地看家。与此同时，特委组织的其他方向的游击队，也以各种方式迫使敌人撤出了游击中心区域。蒋介石在西安事变后亲自部署的三个月消灭我游击队和地方组织的阴谋被粉碎了。

这段时间，我们从实际出发，随着敌人"清剿"手段的变化，采取敌变我变的方针。你打你的，我打我的，以己之长，击敌之短，有效地粉碎了敌人的"清剿"，完成了特委交给的任务。

战斗在瑞金县[*]

赖荣光

1934 年 1 月，我在第二次全苏代表大会上，当选为中央工农检察委员，主席由项英同志兼任。10 月初的一天傍晚，受项英和董必武同志的委派，我到福建，协助省、县苏维埃支援河田阻击战。

当时，正值国民党军队对中央苏区腹地——闽赣边疯狂地进攻，东线战局十分危急。为保证中央机关和中央主力红军胜利突破敌人的封锁线，中央军委命令，福建红二十四师担任阻击东线之敌的任务，并明确指示说："10 月份汀州不能丢。"

我回到汀州后，福建省委立即派我返回兆征县，领导当地群众进行阻敌作战的多项工作。在那里，我又接到董老寄来的一封信，信上亲切而又明确地说："现在红军野战军要

---

　　* 本文节选自《游击战争初期的兆征、瑞会县》，收录时做了适当修改。

出征，组织上决定你留下来工作。你要在县委的领导下，积极组织、发动群众，支援河田阻击战，保证主力红军胜利突破敌人的封锁线，到敌人后方去，发展苏维埃政权，我们一定会回来的……"

10月中旬，红二十四师在福建长汀境内的松毛岭经一场激烈的战斗后，已撤到河田一带。以河田为中心，在钟屋村、连屋岗、大同屋一线与国民党反动军展开了激烈的阻击战，有计划地节节阻敌前进。兆征县的武装力量主要有模范营、赤卫队、模范少年队等不脱离生产的群众性组织。武器除有少量的步枪外，大都是土炮、鸟枪、大刀和梭镖等。但是，为了保卫苏维埃，支援红军，阻击敌人前进，全县人民群众参军参战的积极性非常高涨。我们在县委的领导下，不断为前方补充大量的兵员，我还带着模范营、赤卫队，到前线组织担架运输，运送粮食、弹药等，全力以赴支援红二十四师在战斗。

这一仗，我们以积极的行动有力地配合了红二十四师的战斗，有效地迟滞了敌人的行动，使国民党叫嚷要在汀州城过"双十节"的美梦化成了泡影。

10月下旬，根据福建军区的指示，县委书记在汀州城里召开了一个转为战时工作的会议。为继续有效地开展对敌斗争，会后，兆征县成立了游击司令部、政治部，县委书记兼游击司令部政委，原军事部部长邱轩勋任司令员，我任政治部主任。在原来县模范营、赤卫队等基础上，从各区调来一部分模范少年队队员，组建成县的基干武装，命名为"抗敌大队"，隶属游击司令部指挥。我们主要任务是配合红二十四师继续阻击敌人进攻，以积极的游击行动支援主力红军外线作战。

10月底红二十四师在完成河田阻击任务后，转移到古城一线。这时，参加河田阻击战的各游击队也已相继撤出战斗。11月1日拂晓前，兆征县委、县苏维埃政府、游击司令部、政治部撤出城关，转移到七里桥。此时，国民党军李延年部，分三路进占了汀州城。汀州城变成了一座到处可听见爆炸声的空城。我们极大地迟滞消耗了敌人的力量，完成了阻击敌军的初步任务。

随后，我们从七里桥又撤到九里岭大山上，县委决定我和大队长带领抗敌大队在九里岭的牛头凹一线，配合红二十四师后卫团阻击敌人向瑞金进犯。

九里岭的大道是通往瑞金城的必经之路。抗敌大队在牛头凹经过一个昼夜的战前准备，在大小道路、山坡、茅草丛中，都设置了各式的地雷和锐利的竹钉。抗敌大队里有个叫李小林的班长，曾受过埋设地雷训练，对地雷的埋设有经验，我们埋雷的任务都由他负责。而我们所需的竹钉是当地群众削制的。在这里，我们又布下了伏击敌人的天罗地网。

汀州城失守的第二天清晨，敌人前卫的一个连经七里桥向九里岭摸来。他们因不断地遭到我军的伏击，行进到牛头凹的山脚下，就特别小心，前面的尖兵用长竹竿探着路行进，一发现有类似草绳的东西，就立即趴在地上不敢动。到上午 10 点多钟，敌人才慢慢腾腾地爬到半山腰。

这时，山上一点动静都没有，敌人以为当地的红军游击队早已被吓跑了，胆子也渐渐大了起来，有的干脆靠在树下抽着烟。我们瞅准这个机会，"砰"的一枪，撂倒了一个，接着"轰轰"几声巨响，我们埋设的地雷爆炸了。这下子敌人被突如其来的轰响声给炸得晕头转向，乱成一团，有的被炸死、炸伤，有的在慌乱中踩上了竹钉。红二十四师后卫团，在高处用机枪支援我们，抗敌大队的指战员喊杀着，挥着大刀，提着梭镖，英勇地突入敌群，左砍右刺，与敌人展开了激烈的白刃战。战斗进行了 30 多分钟，敌人的这个前卫连就被我们击溃了。

敌人受挫后，很快又集结起力量，重新组织进攻。我们在九里岭依托险要地形，配合红二十四师的后卫团阻击了七八天，迫使敌人不得不爬大山绕道进占古城，直到 11 月 10 日，敌人才进入瑞金城。

抗敌大队完成阻击敌人任务后，奉命编为兆征独立营，在闽赣边坚持游击战争。

12 月，江西的瑞金和会昌之间的白竹寨成立了瑞会县，1935 年 1 月初，我到瑞会县任县委副书记兼游击政治部主任，县委书记谢炳煌兼游击司令部政委，游击司令部司令员张开荆，参谋长周桂生。县武装力量是由各区游击队调来的，成立了 1 个独立营，有 200 余人。

4月初，国民党集中4个师的兵力对长汀的四都、兆征、瑞会一带山区进行大规模的"清剿"，形势非常严峻。在这种情况下，县委仍然提出游击队就地坚持斗争，要与红色领土共存亡的口号。当敌人的重兵压境时，我们被迫转移到红门区的大山里。这时，尾追上来的敌人又将这一带团团包围，疯狂地进行"搜剿"。我们依托山区的险要地形，不断与敌人周旋。最后，我们经过几次与敌遭遇战斗，部队损失惨重。

一天黄昏，我们来到一个大山沟，这里只有一户人家。政委谢炳煌、司令员张开荆、参谋长周桂生和我一起研究决定：将所有人员编成3个大队（每个大队不到30人）。司令员带一大队向东，政委带三大队向北，我带二大队向南，3个大队突围上山，分散活动，坚持斗争。

红门区一带的村庄，大都被敌人烧光了。当地的许多群众惨遭杀害，有的被迫逃入深山。我们二大队同其他两个大队也失掉了联系，又找不到当地的群众，生活十分困难，斗争非常残酷。我们好几天弄不到一粒粮食，经常是靠挖野菜、采野果充饥。特别是时不时要与敌遭遇，部队有的被冲散，有的负伤、牺牲，损失不断增加。但我们没有被这险恶的环境吓倒，仍然坚定着革命必胜的信念。

一天，天刚蒙蒙亮，我们走到一个山腰的茅草窝里，不料敌人又开始放火烧山。顷刻间，山上火海一片，发出噼噼啪啪的响声。这时，我们只剩下七八个人，我们爬到一起，观察周围的地形和敌情，发现只有冲过 100 多米的火海，下到两山之间的大沟里，才能逃出去。我们商定好后，在烈火浓烟的掩护下，不顾一切，迅速提枪滚下了山沟，跳出了火海。4 月 24 日，是我难以忘怀的一天，我们七八个人，又被敌人包围在红门土岭山区。拂晓，我们有的被冲散，有的牺牲，有的不幸被俘。最后，我也不幸被敌人抓去了。

我被俘后，被敌人押送到会昌城。在那里，我见到了负伤被俘的福建军区政治部宣传部部长章水河，我们和其他被俘的同志一起被关在一个大房间里。我从章水河那里得知，县委书记谢炳煌也被俘了。

8 月，国民党以"俘匪"的罪名，判了我 20 年徒刑，关押在南昌国民党监狱。在监狱中，我认识了乔信明、曾如清等几位难友。我们在狱中成立了秘密党支部，大家团结一致，继续坚持对敌斗争。

七七事变之后，抗日战争爆发。国民党当局在全国舆论的指责和压力下，在我党的强烈要求下，开始分批释放政治犯。1938 年 2 月 22 日，经八路军驻武汉办事处和新四军驻南昌办事处与国民党当局交涉，我们被释放出狱，重新回到了党的温暖怀抱，投入到了新的战斗。

西江独立营[*]

陈士耀　许先法

西江独立营是在 1934 年 10 月下旬组建的，当时在县苏维埃所在地竹山下召开了成立大会。由肖应来任营长，中共西江县委书记杨志春兼独立营政委，全营有 200 多人，100余支枪，下属 3 支连队。我们两个人在该营分别担任副营长和副政委。

1935 年初，国民党军进入西江境内，独立营为了保存实力，分三路活动，一路由杨志春率领往铜钵山，陈士耀跟在这一路；一路由肖应来率领留在西江西部山区；一路由许先法率领往牛皮坪一带。

铜钵山是当时瑞西特委的所在地，刚开进不久，国民党军和"铲共团"、民团等开始围攻铜钵山，在特委的组织和指挥下，部队分路突围，我们西江独立营的一部仍由杨志春

＊　本文原标题为《忆西江县独立营片段》，收录时做了适当修改。

率领，突围到达瑞西县与西江县交界的三断、孕龙，在一座叫作猪婆嶂的大山里休整。几天后，被当地"铲共团"发觉，国民党军又立即组织搜山"清剿"，我们在山里待不住了，只得离开猪婆嶂，经杉树排、石桥背，向凤凰山区转移，一路上，我们同围追堵截的国民党军发生多次战斗。石桥背一战，前有截击，后有追兵，情况十分危急，这时，杨志春和肖应来被吓得束手无策，想放下武器投降，遭到部下反对。这一战使队伍受到一些损失，原县苏主席池达仪负重伤牺牲，一部分人被打散。

突围出来的队伍经梅子山到达棋岭下、枫树岗一带进行休整，一面派人去铜钵山探听消息，想同瑞西特委取得联系，一面在附近进行游击，打击当地的地主武装。就在这个时候，西江县游击司令部负责人、县苏主席唐法投敌叛变了，我们派人去抓，没有抓到。未等到去铜钵山探听消息的人回来，我们就组织队伍转移了。去铜钵山的沿途都驻有国民党军，无法通过，就转向凤凰、牛皮坪一带山区。

这时，瑞西特委派人来联络我们，说要把队伍开到闽赣边区去，即瑞金与长汀交界的白竹寨、归龙山一带。我们立即组织队伍，当晚从牛皮坪出发，由瑞金武阳游击队的一名队员带路，摸黑行军，连夜前往白竹寨。到了武阳和谢坊交界的地方，有一条河，木桥被国民党军拆掉了，河面被封锁。我们组织了火力掩护，冒着国民党军的枪林弹雨，简单地搭了便桥，率领队伍冲了过去，但却付出了很大的代价。

到达白竹寨时，天已大亮，清点人数时，剩下不到一半。

在白竹寨，瑞西特委又派人前来整顿队伍，对杨志春、肖应来进行了处理，决定由许先法、郭清、陈有富担任独立营的主要领导，准备向瑞西特委靠拢，因武阳桥两头被国民党军的炮楼封锁，过不去，只好回到白竹寨。第二天，国民党军第三、第二十四师各一部合兵来"清剿"。这次由于我们转移迅速，部队没有遭到什么损失，后来就转移到天门、归龙山、楼子坝和黄膳口一带继续坚持活动。

这时，敌人不停地追击我们，队伍只好经常转移，战斗频繁，生活异常艰苦。那时子弹非常缺，仅有的一些子弹也是土造的，有时射击后枪机拉不动。粮食也非常缺，有时遇上几户老百姓，家里也是空空的。

4月，我们在归龙山一带山区活动。为了解决队伍的武器、弹药和生活给养问题，同时鼓舞大家的士气，我们也寻找机会袭击敌人，虽不敢与国民党的正规军硬碰，但地主武装或联保办事处我们还是可以解决的。

有一次，我们在归龙山下的杨大爷那里了解到驻在濯田的保安队已开到瑞金城去了，只剩下10多个"铲共团"团丁驻守在联保办事处。我们立即组织了一支精干的队伍，按照预先研究制订的智取方案准备前去收缴驻联保办事处团丁的枪。我们选在濯田当圩的一天，向杨大爷借了只公鸡，一名队员打扮成卖鸡的农民先进圩内侦察情况，其他队员分别扮成做工和赶圩的农民模样。有的扛着扁担，有的挑着菜

（底下藏着刀），一边买卖东西，一边观察动静和等候命令。

濯田圩很小，但赶圩的人还不少，卖鸡的那位队员提着鸡把整个圩场都观察了一遍，还在联保办事处门前待了一会儿，发现除了站岗的团丁持着枪外，其余的都没带枪，有的在茶馆，有的在酒店，还有的在赌场，在几个喝酒的团丁中有一个摇头晃脑地在说酒话，说："归龙山的土匪被消灭了，团长和办事处主任去瑞金请功领赏，没有我们的份，可酒得喝个痛快，来，来，来，干杯。"

那位卖鸡的队员正在想办法进办事处去看个究竟的时候，一个穿长袍的家伙拉住鸡笼说："这鸡多少钱一斤？"

"五角半！"

这家伙一听就发火："浑蛋！谁叫你乱抬价？"

"合适就买，不合适就算了嘛！何必骂人呢？"

这家伙更火了，气势汹汹地说："嘿！骂人？我看你是土匪！见我们联保办事处的人要买就故意抬高价。"边说边上前夺鸡笼。

卖鸡的队员灵机一动，顺势便说："好，好，既然你是办事处的人，那就给你送到办事处去，价钱好说。"

这家伙得意地说："这还差不多，跟我走吧！"在办事处门口站岗的哨兵问也没问，我们这位队员就进去了。

进了办事处，那家伙去找秤，卖鸡的队员乘机观察里面的情况，发现办事处的几间屋里都没有人在，全都上街去了，团丁的枪支也都挂在墙上，有 10 多支。不一会儿，那个家伙把秤找来了，马马虎虎把鸡给称了一下，随便给了几个钱，就叫卖鸡的队员快点滚。

卖鸡的队员出来后，其余队员立即向他靠拢，他借口卖鸡的钱没有付足与办事处门口的哨兵吵起来了，队员都凑到门口去了，其中一位队员飞起一脚把哨兵的枪踢落了，同时手起一刀，那哨兵尖叫一声倒下去了，血流满地，其余队员迅速冲进了办事处。不料，买鸡的那家伙在屋檐下用手枪朝我们射击，把冲在前面的一个队员打倒，我们立即散开包围了这家伙，有个队员很快摸到了后面，用柴刀把这家伙结果了，我们把挂在墙上的枪支全部缴了。上街的团丁，听到枪声后，先后跑回办事处一个个都当了俘虏，接着，我们返回归龙山驻地。

大约在月底的时候，一次，队伍分成 3 支小队分散在一个小村里休息，第二天一早，发现已被国民党军包围，立即组织队伍突围，虽然成功突围，但队伍已被冲散，几天后才陆续在预定地点集中，又损失了一部分力量。

那时，我们与上级（瑞西特委）已失去了联系，大家认为应该转移到福建山区去找福建省委，据说他们在上杭一带活动。由于国民党军封锁和搜山"清剿"，我们已无法行动，只好就地隐蔽。一天晚上，我们从睡梦中醒来，发现又被敌人重重包围了，敌人不停地打照明弹，强光使我们眼睛睁不开，我们看不清远处，发现不了敌人，而敌人却能看清我们的行动，我们只得依托树木，利用地形，大家互相掩护进行突围。这次损失惨重，队伍又被打散了，大部分牺牲或被捉，突围出来的极少，但仍在互相寻找战友，以便集合起来再与敌人战斗。

后来，我们都被"铲共团"抓住了，直到 1937 年下半年才被释放。

虎竹山下脱险记

钟春山

苏区时，我在中央警卫团担任左权同志的警卫员。在第五次反"围剿"广昌的乐前战斗中，我受伤住进宁都红军医院。出院后，我被分配到赣南军区部队当排长。后来部队被打散，我和逃出来的 20 余人，经过千辛万苦寻找党组织和部队，后来参加了桃古游击队。

1935 年始，国民党军在反动的豪绅地主武装的配合下，对闽赣边的"清剿"一步紧似一步。他们在山下筑起碉堡，密布岗哨，到处盘查，把山区的老百姓统统赶下山，实行所谓"移民并村"政策，妄图隔断红军与群众的联系，隔断群众对游击队的支援，活活困死我们。

我们和群众是永远割不断的。桃古游击队和群众联系虽然已经十分困难，但是我们还是想尽一切办法出山，群众也想尽一切办法为我们送粮、送情报。

一天，我和胡承德、张纪昌、杨桂生、钟石发等五个同志，奉命到虎竹山山脚下的蓝田坑村了解敌人活动情况，并筹备粮食。进村不久，国民党军就包围了村子。原来我们下山以后，就被敌人的密探盯上了。为了不连累群众，我们决定冲出去。正在这个时候，红军家属李翠华赶来了。

李翠华是个 30 岁上下的农村妇女，她丈夫参加红军已经北上了，家里只有两个孩子，大的 9 岁，小的 4 岁。她对待游击队像亲人一样，时常偷着给我们送粮食，传递情报，从来不怕危险。她制止我们说："白鬼子把村子包了个不透风，你们这阵子向外冲，那不是睁着眼往刀刃上碰?"她不待我们分辩，连忙出去找了几家可靠的群众，分头把我们送去隐蔽起来。我就藏在她家的一个草堆里。

一会儿，街上传来了锣声，锣声中夹杂着嘈杂的人声，但听不清嚷什么。又过了一会儿，听见一个老乡跑来对李翠华说："敌人叫到场上集合哩，快走吧! 回头还要挨家挨户搜查，不去就要被抓走的。"

我正在考虑怎么办，李翠华走过来对我说："走! 你也到场上去吧。"

我说："我还是冲出去吧! 要不然，万一被敌人认出来，不是要连累全村人吗?"

她说："怕什么? 你脸上又没刻字，只要大伙不说，谁知道你是红军。去吧，有我们在，保你们吃不了亏。"我一想也对，这个村我们常来，人人都向着游击队，群众是绝不会出卖我们的。于是，李翠华抱着小的孩子，我领着大的孩子，跟在群众后面，大家一起来到场上。

场上已经挤满了人，男女老少都有。熟悉我的人，都向我投来坚定的目光。我在人群里扫视了一下，看见另外四个同志也都来了。我们交换了眼色，他们也都很沉着。

人群中间，站着一个国民党军官，他身后站着几个卫兵。场地四周，也密布着哨兵。他们像一群张牙舞爪的野兽，用凶狠的目光盯着场上的人。

国民党军官竭力装得和气些，问一个老农民："老头子，刚才下山的五个共产党的游击队藏到哪里去了？"

场上几百只眼睛，紧张地望着那个老农民。老农民摇摇头，诙谐地说："他们还会等你们来捉，早跑了。"

国民党军官又问了几个人，大家都回答没看见。这时，他又走到张大嫂跟前，拉出她的 11 岁的孩子问道："小孩子，你说，红军藏在哪里？"说着从口袋里掏出一包糖果，在孩子面前晃了晃："说了给你糖，可甜了！"

孩子吓得躲在他妈妈怀里，不敢说话。

"你说不说！"国民党军官两眼一瞪，发疯似的叫喊，"不说打死你！"手里的皮鞭扬了起来。

孩子惊恐地望着那家伙手里闪动的鞭子，双手紧紧地搂抱着他母亲。张大嫂用手护着孩子，对国民党军官说："你们吓孩子干什么，他哪里懂得什么红军白军呀！"

那家伙一把将孩子从张大嫂怀里抱过来，孩子恐怖地叫着。接着，国民党军官的皮鞭重重地落在孩子头上、身上。

孩子跌倒在地，身子缩成一团，大哭起来。张大嫂扑过去搂着孩子愤愤地说："你们有本事自己去抓呀！害我的孩子干什么！"

国民党军官气冲冲地骂了声："臭婆娘，看你嘴硬！"举起鞭子朝她头上狠狠地抽了几下。张大嫂的脸上立刻暴起了紫红的鞭痕。但是她没有哭，怒视着敌人。

敌人的鞭子落在张大嫂母子的身上，就如同落到我的身上一样，我感到非常的痛心和愤慨。我感到眼前在冒火，"难道能为了我们几个人让群众遭敌人的毒手吗？"我紧握着拳头，恨不得马上冲出去把这些家伙一个个杀光。这念头刚刚闪过，有人拽了下我的衣袖，低头一看，原来是李翠华，她那坚定、严肃的目光，立刻使我冷静下来。

这时候，一群国民党军士兵跑来向国民党军官报告说："各家都搜遍了，没有搜到游击队。"国民党军官先是皱了一下眉头，接着两个眼珠子一转说："男人们站到东边去，女人小孩站到西边去。站好以后，女人们各自把自己的丈夫和家里的男人领回去。"显然，敌人也想到我们可能混在人群里，想用这个方法把我们找出来。

人们开始往两边分散了。刚才张大嫂母子的行动，一直在我心里翻腾着。这个村子，是老革命根据地，毛泽东曾在这里领导过农民打土豪、分田地。因此，几乎每家都有亲人参加了红军。他们更知道怎样保护自己人……正想着，李翠华把大孩子从我手里领过去，然后泰然地向东边努了努嘴。

从她那不慌不忙的神态上，我仿佛又听到她在说："有我们在，保你们吃不了亏。"我的心更稳了下来。为了预防万一，我又向另外四个同志使了个眼色，暗示大家，一定安稳住阵脚。同时，我也下了决心，如果出了事，就和敌人拼，决不能让乡亲们吃亏。

开始认人了。从西边出来了几个妇女，在国民党兵的监视下，来到男人集中的地方，把自己的亲人领回去了。我一瞧，其中有一个是我们的同志！

接着，又有两个同志被领走了。

忽然一位姑娘走到我的身边，说了声："走，回家去！"拉着我的衣袖就往回走。看着她镇静自如的神态，我心里又钦佩，又感激。

渐渐地，留在东边的男人越来越少了，只有几个老头还站在那里，我们五个人也只剩下了胡承德同志还没有被人领过来。敌人一见，就在胡承德面前转来转去，目光老是盯在他脸上。我真担心事先没有分工，也没有料到敌人会来这一手。正在这时，只见李翠华抱起孩子，大步走到胡承德跟前说："你这死鬼，还不回家，站着干吗？"说完便把抱着的孩子递给了他。我们的心这才稍放松了些。

他们正要往回走，一个国民党兵把枪一横，拦住李翠华，横眉瞪眼地喝问："他是你什么人？"

"是孩子的爸。"李翠华毫不犹豫，理直气壮地回答。

正在这时，不知是孩子想爸爸，还是听妈说是爸爸，李翠华的小孩也机灵地跟着就叫了几声："爸爸！爸爸！"胡承德也机智地拍着孩子的头说："叫喊什么，回家去吧！"敌人没有看出什么破绽，只好放他们走了。最后，几个老头子也被自己的闺女或媳妇领回去了。

没有找到一个没有人领的人，国民党军官气得直翻白眼，只好结束了这场搜查。群众渐渐走远了，场子上只剩下那些无可奈何的国民党兵。远远地，听到那个国民党军官气急败坏地大骂道："你们统统都是红军！"

我们游击队就是这样在人民群众的支持和帮助下，终于战胜了敌人的围堵清剿，渡过了一个又一个难关，迎来了国共合作抗日的新局面。

1938 年 2 月，汀瑞抗日游击队到达福建龙岩后，与张鼎丞部会合，编为新四军第二支队第三团第二营。我开始在第四连当指导员，后调第六连当指导员。从此，踏上了新的征途，开赴苏皖抗日战场。

在桃古游击队战斗的日子[*]

彭雪英

1934 年秋，主力红军退出中央苏区，我因坐月子，不能随军转移。满月后，我急切地想找到部队，就把孩子留在江西的一位群众家里抚养，于 12 月回到四都圭田。

在那里见到了张鼎远、范乐春等同志。张鼎远同志问我："你怎么从江西跑回来了？"

我说："江西医院已解散，大家都分散到各个游击队了，我对福建情况熟悉，又知道你们在这里，所以就找你们来了。"

他又问我有什么打算，我回答："听从组织分配。"

他又接着说："部队马上要开往上杭、永定、武平等地，你的身体情况怎么能适应行军作战呢？"

随后，我回到兆征县（今属长汀县）参加了彭胜标领

---

[*] 本文原标题为《回忆桃古游击队情况点滴》，收录时了适当修改。

导的古城区游击队。

1935 年春，国民党军对中央苏区进行疯狂的"清剿"，古城区游击队在古城黎屋塅附近一带活动。有一天，我们刚驻下后，国民党兵就突然上来了，游击队 100 多人毫无防备，有的还在睡觉，结果，我们遭受到了比较大的损失，共牺牲了 30 多位同志，只有 30 多人突围出去，还有一部分被冲散了。在突围中，我和廖有贵（大埔区人）、陈五金（区团委组织干事）三人被冲散，后又会合。

有一次，在一个纸寮里过夜，我们正围坐在火边烤衣服，看见山下一个纸寮里也有火光。曾玉成同志带着通信员林有辉下山侦察，他们从纸寮的门缝里看见里面围坐着七八个人，就进去问话，互相盘问了一阵，才弄清楚原来是瑞会游击队的。我们这两支队伍会合后不久，桃阳区游击队又与我们取得了联系。这样，我们 3 支队伍合并成桃古游击队。

在游击队里，我们六七个女同志组成一个班，负责站岗、放哨和后勤工作。在艰苦的游击战争环境下，后勤工作要做的事情很多，如煮饭、洗涮、缝补衣服、打草鞋等，更重要的任务是解决部队的吃饭问题。刚开始时，部队吃的粮食都是原来埋在山上的。吃完后，我们就下山摸清情况，了解哪家是地主，哪家是富农，弄清后就在晚上下山去要粮食。有一次，领导派曹玉英下山侦察，原讲好晚上 8 点钟一定要回来，可 10 点钟仍不见她的影子。我们吸取了黎屋塅的教训，马上组织部队撤退。当我们走到路口时，国民党部队就来了，结果扑了个空，就把纸寮给烧了。这次部队没受损失。

1936 年春，在青山铺黄泥坑的炮楼里驻有国民党的 1 个排。有天晚上，我们准备去缴他们的械。因我对地形熟，就先带领女队员摸进去，侦察到国民党兵正聚在一起打牌，之后几个男队员冲进来，结果被敌人发觉，因我们的力量不强，不宜与敌人械斗。于是，我们马上从后门退出。这次袭击虽没成功，但扰乱了国民党的军心，扩大了游击队的影响。

1937 年国共合作时，我们游击队在山上一点消息都听不到。这年秋天，我们在山箭脑打了一仗，当场击毙三名押车的敌兵，还打死了汀州专员太太，国民党马上在报纸上登载文章，大骂共产党游击队"破坏国共合作"。他们还向上告状，说国共已经合作，山上还有"共匪"捣乱。

这次伏击战后，上级党组织才知道山上还有我们这支队伍，遂先后派了肖忠全、陈丕显等人来找我们。过了几天，游击队派胡荣佳连同上级派来的同志，组成代表队同国民党瑞金当局谈判。国民党便派人到兰田看我们有多少兵员，然后按员发给衣服、粮食及军饷。当时，为了扩大影响，我们叫了许多老百姓一同来参加，共有 300 多人。

1938 年 1 月，发生了瑞金事件。我记得那天，国民党白天派人来给我们发衣服，晚上却包围了瑞金办事处，抢走了游击队的电台和军饷，抓走了 40 多名干部，肖忠全同志突围时光荣牺牲。第二天上午9点多钟，国民党又派部队到兰田包围驻在山上的游击队，由于部队警惕性高，当哨兵一发现有情况，大家很快就安全转移了，使国民党的阴谋破产。

游击队在兰田陈坑的山上隐蔽，并派人去向闽西南军政委员会汇报情况。迫于社会各界的舆论压力和我们的坚决斗争，国民党瑞金当局才不得不释放我方干部，归还电台和枪支弹药。这样瑞金事件才得到解决。

随后，我们的部队即由兰田经菜坑、四都、水口、南阳、新泉转到龙岩，奉命改编为新四军第二支队一部。于3月初，我们开赴大江南北，参加了抗日战争。

特委书记赖昌祚[*]

颜炳南

1934年12月，中央分局根据当时斗争形势和开展游击战争的需要，决定成立瑞西特委，由闽赣省委书记赖昌祚同志调任瑞西特委书记。不久，组织上派我和钱胜仁担任赖昌祚同志的特务员（即警卫员）。

特委成立不久，就被国民党军包围在瑞金铜钵山地区，情况万分危急。在敌强我弱的形势下，特委和瑞金县各机关、游击队共上千人被迫向九堡方向突围。突围中，部队被打散，损失很大。突围后，因赖昌祚同志身患重病，组织上决定让他隐蔽养病，所以赖昌祚同志暂时离开了游击队。不久，我们来到了罗汉岩，在周围的大山中隐蔽下来。

国民党军队占领瑞金后，对红军游击队进行了大规模的连续不断的"清剿"，主要山头和重要路口都设有碉堡和岗

---

* 本文原标题为《回忆特委书记赖昌祚同志》，收录时做了适当修改。

哨，并经常放火烧山，妄图让我们无处藏身。为了躲过敌人的搜捕，我们几乎天天转移驻地，有时一个晚上转移几个地方。国民党军还利用叛徒来侦察我们的行踪，然后对我们突然袭击，有时真使我们非常被动。记得有一天，我们四人隐蔽在半山腰的一个破灰窑里，有一个叛徒找到了我们。当时，我们不知道他已叛变。后来，他借口下山了解情况，带国民党军队包围了我们。赖昌祚当即命令突围，我和钱胜仁同志冲在前面开路，我俩手提双枪左右开弓，打倒了几个敌人，杀开了一条血路往外冲。激战中，我头部受伤，但四个人总算脱险冲出来了。就在这种极端艰苦的环境中，我们坚持了几个月。

1935 年五六月间，我们找到了地下党员廖森章，并通过他与突围出来的钟德胜所带游击队联系上了。不久，我们四个人到大柏地的一个山上与游击队会合。这时游击队只剩下 20 多人，由钟德胜同志负责。

那时，我们不但要对付国民党的正规军，还要对付"还乡团""铲共团"等地主武装，不得不经常转移驻地。转移时，为了不暴露目标，多数选在夜间，行军时不准任何人说话、抽烟，传递口令都是用耳语，不准咳嗽，即使在伸手不见五指的夜晚，也不能打手电筒。为了避免走路时发出响声，每人手里拿一根竹竿蹚路，都用脚跟轻轻地走。宿营不敢搭棚子，遇到石岩算是最好的了，有个遮挡，不然只能在大树下或露天宿营。晴天还好，要是下雨，就只好在地上插一根树棍绑上雨伞，在雨伞下打个盹。有时转移到悬崖峭壁的地方隐蔽，连坐、睡、躺的地方都没有，只好骑在树杈上，用绑带把身体捆在树干上，不然就会滚到山脚下去。即使这样，我们20多人也不敢住在一起，经常分散在几个山头住。

最困难的还是没粮食，有时冒着生命危险到小村庄群众家里买一点，有时靠地下党员送一点，或通过他们买一点。但由于国民党军实行严密的经济封锁，移民并村，限制群众购买粮食、食盐等，能买到的非常有限，大量地靠野菜、野果充饥。有时弄到点粮食或抓到点小鱼，没有锅，就用茶缸、脸盆烧熟了吃。烧火时，为了防止烟大被敌人发现，只能捡很干的柴，选在大雾天或用床单围起来，以免冒烟和发出火光。实际上这是很困难的，往往找点干柴都不容易。有时弄到一点盐，就炒熟每人分一点，用小布袋装好带在身上，吃东西时用手拈一点放到嘴里，算是很好的菜了。

由于条件很苦，不少人生病，开始还有点红药水、清凉油之类的药，到后来一点药都没有了，只好找些草药医治，遇到部队转移，游击队领导就把伤病员送到隐蔽地方，组织轻病号照顾重病号，或把重病号送到群众家里养病，病好后再派人接回队。有一次，温华桂被毒蛇咬伤，腿肿得老粗，我下山请来一位姓刘的土医生，为他处理伤口，经过几个月的精心治疗，他的病才治好。

1936年下半年，形势开始有所好转，我们可以在山上搭棚子住宿。但吃饭仍然很困难，赖昌祚等游击队领导一面发动伤病员在山里种些南瓜之类的蔬菜，用以补充食物；一面组织队员下山打土豪，收缴些粮食等，解决给养问题。

有一天，地方党员告诉我们壬田有个地主儿子结婚的情报。游击队就挑选了十几个队员，化装成当地老百姓，从罗汉岩下来，混进村子冲进地主家。老地主和他儿子看到形势不对，爬房顶跑了。我们就把地主的儿媳妇抓到山上，通知他家送钱来，否则不放人，并没收了他家的一些粮食和衣服、布料等。地主用300块银圆换回了儿媳妇。以后，我们又打了合龙区公所和几个土豪，不但筹集了一些经费和粮食，而且还消灭了一些地主武装，缴获了部分枪支弹药。

为了给敌人更大的打击，我们还在大柏地伏击了国民党军的一辆汽车，车内10多个国民党兵，大部分被消灭，缴获短枪几支、子弹数百发，还有银圆几百块，游击队无一伤亡。这次打汽车，是中央红军撤出根据地后，我们游击队击毁国民党军的第一辆汽车，很是鼓舞部队的士气。为进一步扩大影响，我们还镇压了两名最反动、对群众危害最大的伪保长和地主分子，并把他们的罪行张榜公布，扩大了政治影响。

1936年秋，部队在转移时，赖昌祚同志的病情很严重，领导同志商量，决定让赖昌祚留在罗汉岩继续疗养，我和钱胜仁、温华桂、傅伯全负责赖昌祚的安全警卫。

九十月间的一天，赖昌祚派我和钱胜仁下山搞粮食和情报，派温华桂去向钟德胜汇报情况。第二天晚上，我和钱胜仁在回来的路上碰上温华桂，便一起向罗汉岩走去，快到驻地石岩时，看见前面一块大石头上躺着一个人，我们走上前一看，发现是赖昌祚。他身上盖着一条红毯子，一动不动，像是睡着了，我们就叫"书记！书记"！他就是一点动静也没有，我们拉开毯子，闻到血腥味，并发现他身上有枪伤，胸前有血，身上的手枪、子弹和钱也不见了。

这时，我们才知道赖昌祚被害死了。我们再找傅伯全，他已不知去向。这时，钱胜仁提醒说，书记被打死，周围可能有敌人埋伏。我们当即离开罗汉岩，找钟德胜汇报。钟德胜听了我们的汇报后，根据当时的情况分析可能是傅伯全干的。第二天，钟德胜派人通报地方党组织捉拿傅伯全。第三天，钟德胜领着部队向福建方向转移。转移途中，我们抓到了傅伯全。他否认杀害赖昌祚，说是枪走火打死的。由于环境特殊，游击队几个领导分析研究后，认为赖昌祚是傅伯全杀害的，所以就地把他处决了。

赖昌祚的牺牲，是我们游击队的重大损失。赖昌祚牺牲后，瑞金游击队由钟德胜领导，我也转为给钟德胜同志当警卫员，直到抗日战争，部队被改编为新四军第二支队为止。

武阳游击队 *

黄长娇

1934 年初，我被调任中央工农检察部担任巡视员，并选为该部委员会委员。10 月，红军主力战略转移，开始长征。由于我们六七位女同志行动不方便，有的带着孩子，有的怀了孕，到了西江之后，组织上决定要我们留在苏区，坚持地下斗争。

当时，我们六七个妇女都不愿意隐蔽在群众家里，于是决定寻找留下的红军队伍，所以又返回到瑞金武阳。到了武阳后，我们找了一个向导带路，但从新塘走到园架时，向导怕死，不肯给我们带路，因此我们只好自己往前走。到了福建长汀的陂下村时，由于怕目标大，心痛地把一匹座马杀了，行动就更加困难了，但为了能寻找到红军队伍，大家仍负重前进。我们好不容易穿过国民党军的封锁线，到达了水

---

* 本文原标题为《武阳游击队情况片段》，收录时做了适当修改。

口，住了几天，战斗很紧张。这时，我们听到在漳坪有红军游击队与国民党军发生战斗，加之国民党军一步一步进逼，形势对我们越来越不利，决定回转江西境内。我们拖着疲倦的身体，背着东西，爬山涉水，回到了瑞金岗下。就在这个山村，我们不得已采取分散活动的办法，几个人分散了。

我独自来到了武阳的下洲区，陈唐球、朱带秀子等也在下洲区，我们几人便一同加入了下洲区游击队，我在下洲区还当了18天的区委组织部部长。由于国民党军和地方反动武装的"清剿"围攻，形势非常紧张。下洲区游击队组织突围，退到了粟坑，并在这里整编，要体弱的人和妇女都留下，分散隐蔽，因我身怀有孕，游击队领导就动员我留下。但我不肯离开队伍，因为我是外地人。后来，在游击队领导的反复劝说下，与"笑眯眼"夫妻俩等还是留下了。这时，区委书记邱宗棠也留下了，但很快他就溜走了，后来成了可耻的叛徒。

没有几天，"笑眯眼"夫妻俩也回家去了，只留下我一个人。我不愿在村中久住，一心要找游击队，于是一个人在焦火山一带山林中转来转去，炒米吃尽，就挖野菜，坚持继续寻找游击队。这时大概是年底，事也凑巧，一天，我冒险下山，发现山下有个单独的小屋场。我便化装成要饭的，从半山腰滑下去，因体力支撑不住，跌入茅草坑中，神智昏迷。由于跌倒的响声，惊动了在附近活动的游击队员，我被游击队员救起。他们询问了我的情况，后来把我带到刘国兴那里。刘国兴原来就认识我。我便对他说，眼前我与组织失去了联系，幸好遇到你们，我就跟你们在一起吧。刘国兴便同意我暂时留在游击队。就这样，我加入了刘国兴领导的武阳游击队，住在山上棚子里，坚持游击战争。

武阳游击队共有 20 余人，有几支单响枪，多数是鸟铳、马刀。游击队分别驻在长坑子山中的茅棚里，一人一个小棚子。在山上，生活是极端艰苦的，粮食非常困难，每天能吃上一顿米饭，那就算是很不错了。情况好时，晚上下山到新塘黄光坤家烧吃的，必须在天亮前赶回山。

1935 年 1 月，我快到产期了，刘国兴考虑我行动不方便，怕会妨碍游击队行动，便找我谈话，要我隐蔽在群众家里，坚持地下活动。我开始不同意，后来给我做工作，改名王水秀。从此，我就以王水秀的身份，住在新塘黄光宝家。黄光宝有兄弟俩，我就以到他家做饭为由，和他们生活在一起，并担任地下联络等工作。游击队也经常派人下山来秘密联系，我把探听到的情况及时告诉他们，有时把情况写在纸条上，放在事先规定好的后山庙里石板下。还经常买好电池、食盐等用品装在竹杠里，利用上山砍柴的机会，送给山上游击队。

游击队怕暴露目标，经常转移驻地。武阳游击队虽然没有长期固定的住处，但地下联络点基本是固定的。联络点的主要任务是：送情报，买东西，保守秘密。联络方法主要是单线进行，点与点之间当时是互不知道的，游击队员间固定联络点及接头对象。接头方法形式多样，有面谈，有用纸条传递信息。接头地点也不是固定的，有时在山林中，有时在接头人家中，有时在集市等。接头时间每两三天一次，并约定下次接头时间及地点。当遇到紧急情况时，由联络点把情报及时送出去。

在三年游击战争中，武阳游击队主要是隐蔽分散，保存有生力量，但在地下党、地下联络站和当地群众的积极配合和支持下，也常常打击敌人。武阳游击队在天门伏击过国民党保安团欧阳江的"清剿"部队；在武阳下茅山打过国民党军的汽车；攻打过国民党武阳区公所。这些战斗，都取得了较大胜利，打击了国民党军的反动气焰，鼓舞了游击队和人民群众的斗志。武阳游击队还通过地下联络点，了解当地谁是罪大恶极的土豪劣绅，然后采取行动，捉杀民愤大的恶霸，打击他们的反动气焰，筹款解决游击队的生活困难。刘国兴领导的武阳游击队，经过英勇不屈的斗争，逐步扩大了政治影响，许多事迹在当地传为佳话。

1937年春，武阳游击队先后与钟民领导的瑞金游击队、胡荣佳等领导的桃古游击队取得联系，并会合在一起。11月，三支游击队在武阳石水湾整编为汀瑞抗日游击支队。1938年2月，队伍奉命到龙岩白土，编为新四军第二支队三团二营（部分编入第四团），后开赴安徽抗日前线，踏上民族解放战争新征途。

一支打不垮的队伍

刘忠槐　吴跃辉

1934 年 10 月，中央主力红军撤离红色首都瑞金，进行战略转移。瑞金县、区、乡，按照上级的指示，陆续组建地方游击武装，以打击国民党军和豪绅地主武装，保卫土地革命的胜利果实。刘国兴奉命组建了武阳区游击队。这支队伍有 100 余人，30 余支枪。队员中，有党员、团员，也有基本群众，其中有相当一部分是妇女。

国民党军占领苏区后，瑞金上空乌云笼罩，豪绅地主卷土重来，气焰十分嚣张，革命人民遭受着空前的劫难，人民群众、共产党员、红军战士和家属被大批杀害。刘国兴的母亲因拒绝交出儿子，被豪绅地主活活打死，妻子也被勒令改嫁，年龄不到 10 岁的儿子也被敌人用柴刀惨无人道地劈成四块，丢进了河里，并把刘国兴的家抢掠一空，放火烧了房屋。

刘国兴一家的悲惨遭遇，使游击队员们个个愤慨万分，纷纷要求下山，消灭"铲共团"，杀掉刘启照，为队长报仇。刘国兴的心情十分沉重，强压着内心的悲痛和怒火，对大家说，豪绅地主残杀乡亲的仇一定要报，血是不会白流的，但现在不是时机，盲目行动，易中敌人的奸计。

豪绅地主勾结国民党军队对我党留下的红军和游击队，进行疯狂的"清剿"，武阳区游击队处境极为艰难。面对这种困境，刘国兴当即召集游击队员开会，寻求今后坚持斗争的办法，最后决定：为了保存实力，求得生存，游击队必须化整为零，分散活动，以应付更加险恶的形势。游击队精减了一些人员，愿回家的回家，愿报亲的报亲，但回去后要保守秘密，要继续开展宣传、发动群众的工作。当时，有的队员对这个决定想不通。刘国兴针对这种思想，反复同大家解释，使一些思想不通的人，看清了局势，稳定了思想。最后，全队只留下30余人。

1935年1月，刘国兴率领武阳游击队10余人，袭击了武阳小布脑联保办事处，击毙7人，俘虏3人。同时，还在白竹寨、岭背山、老虎等地，神出鬼没，拖着敌人兜圈子。有机会，看准了就打一下，使豪绅地主震动很大，天天提心吊胆。游击队在与敌人周旋的过程中，有的牺牲，有的被俘，还有一些被打散，与游击队失去了联系，游击队不断减员，只剩下刘国兴等三人。

一次，刘国兴三人乘夜来到一个村里，找到基本群众刘立运家做饭吃，正在吃饭时，忽听屋外有人说"土匪在里面"，话音刚落，前门已被敌人撞开，刘国兴顺手一枪，敌人迅速退出门外，刘国兴三人随即转向后门，在出门时，又一位队员牺牲了。到1936年6月，武阳游击队，只剩下刘国兴等两人。

刘国兴面对着生死存亡的关键时刻，没有屈服，没有消沉，这位铁骨铮铮的硬汉子始终坚信革命必将胜利。为了适应斗争的需要，继续坚持斗争，恢复和发展游击队，他毅然决定，下到村子里去开展工作。

一天半夜，刘国兴来到秦坑黎带娣家开展工作。进屋后，黎带娣和丈夫李长根吹黑墙上挂的茶油灯，三人便轻轻谈了起来。李长根说："敌人杀了党支部书记邱福田，活埋了组织干事朱乾泮。"刘国兴低着头听着，没说一句话。接着黎带娣说："草田乡曾宾英因丈夫去当红军了，敌人没收了她全部家产，一把火烧了她的房子，她父亲被联保主任拉到山后河边用马刀砍了，母亲被敌人一脚踢倒，不几天就去世了，弄得家破人亡。"黎带娣说着说着，不觉泪流满面。她站起身来，走到墙角边挖出一个油纸包，交给刘国兴说，这是曾宾英收藏的60发子弹。刘国兴打开油纸包，露出黄闪闪的子弹，心情十分激动，紧紧握住李长根、黎带娣的手说："我真不知怎样感谢你们！只要我们一条心，就一定能消灭敌人。"

天亮后，李长根忙着下田去了，黎带娣接着对刘国兴说："敌人没办法对付游击队，便把一些民团团丁换上便衣，捆绑起来牵着满街走，说是在山里捉到的游击队员，来欺骗群众。当地老百姓看了都暗笑说："这些婊子崽，真会搞鬼。'"正谈着，忽然听到外面的狗狂叫起来，保安团1个排又来搜查户口了。黎带娣很机智，随手一把将刘国兴推倒在床上，顺手掀起一条被子盖起。刘国兴躺在床上，手抓住驳壳枪，准备敌人一掀被子就打。黎带娣装作擦一把眼泪，抹一把鼻涕地哭叫："天呀！你死了我怎么办呀，叫我依靠什么人啊，我的心肝呀！"

两个戴帽子的团丁端着枪，狠狠地一脚撞开门闯了进来，以为遇到了死人，感到晦气，便离开了。不巧，这时李长根从外回来，碰见这两个家伙，被抓了起来。

敌人把李长根吊在房梁上，用鞭子抽打。"刘国兴藏在哪里？"李长根咬紧牙关，说："不知道。"敌人又把他捆在长凳上，拖根粗木棍压在脚上，两边四个人踩，李长根浑身冷汗淋淋，始终不说一句话。黎带娣听说丈夫被抓，披头散发跑到堂上，哭叫着："天哪！冤枉好人呀！我儿子病死在床上，你们又抓我丈夫，我们没见过什么游击队，只看见你们来搜查户口。"李长根听见妻子的哭声，睁大起双眼，对敌人说："我不知道，你们就是把我打死，还是说不出来。"敌人无奈，只得气急败坏地把李长根带走了。

黎带娣回家后，对刘国兴说，我现在只剩一个人了，你发给我一条枪，我跟你们一起上山打游击。刘国兴耐心说服了黎带娣，让她留在了村子里，后又托人把她丈夫保释了出来。

黎带娣的家成了游击队的落脚点。她帮助寻找失散的游击队员，把受伤的病员藏在地窖里，给伤员端屎端尿。

刘国兴在群众的帮助下，白天在山上隐蔽，黑夜下山，走村串户，宣传发动群众，进行党的地下工作。这样一来，武阳游击队又逐步恢复壮大起来，发展到 30 余人。同时，还恢复和发展了党的组织，建立了下洲、茅山、凌田、罗石、松山、安富、山坎、河流等八个党支部，党员 50 多人，并根据斗争的需要，恢复了党的武阳区委。

1936 年冬，武阳游击队的发展，引起了豪绅地主的极大恐慌。武阳区保长邹皮钱，地主邹会迪、邹良机等经常在一起密谋，到处派人打听游击队的消息，捕杀群众，向国民党军密报群众的可疑行动。当地群众对这些反动家伙，看在眼里，恨在心里，要求游击队设法镇压。游击队根据掌握的情况，感到不除掉这伙地头蛇，难以平民愤，游击队和党的地下组织将受到威胁。12 月的一天夜晚，保长邹皮钱，地主邹会迪、邹良机在甲长邹三陀的豆腐店里赌钱，刘国兴看准这个机会，率七名游击队员，神不知鬼不觉地忽然出现在这些家伙的面前，未放一枪，就把这伙反动分子给杀了。游击队这一举动，使豪绅地主惊恐万分，反动气焰有所收敛，有的逐渐开始转向中立。

一次，刘国兴考虑到队伍的粮食问题，找到陶阳区委书记刘辉山，要他设法搞些粮食接济游击队。刘辉山第二天就找了个秘密地点，召开地下党支部会议，讨论研究怎样搞粮食的问题。最后大家一致认为，陶朱乡竹山坑村地主刘玉洪的儿子管的粮仓，还有七八十担谷子，周围没有人住，离游击队驻地不算很远。

第三天晚上，刘辉山等按照预先指定的地点集中，大家围在一起，有好几十人，静静地听着刘辉山的讲话："大家脚步要放轻，动作放快，不准说话，分批行动。"大家怀着紧张的心情，向粮仓靠去。

一到仓门口，一个人便很快把门撬开，接着进去几个人扒谷子负责装筐，其余的人一个接一个在外面挑。就这样，扒的扒，挑的挑，各人挑的谷子都往指定地点送。谷子一送到，早准备好的几十盘砻马上开工，砻的砻，筛的筛，把挑来的70多担谷子全部砻成了米，谷糠又挑回仓里，然后，把砻好的50多担大米，连夜顺利地送到了游击队驻地。等一切安排妥当后，刘辉山等人又一把火点燃了谷糠，烧了粮仓。

天亮后，地主刘玉洪找到当保长做内线的刘辉山说："昨夜，不知粮仓怎么失了火，把谷子全都烧了。"刘辉山装作惊惶，问道："谷仓失火，得赶快去报告联保办事处。"联保主任得报后，带着几个保丁来到出事地点，看着粮仓只剩下四面的墙壁，无奈地叹了一口气，转身喝问刘玉洪，责怪他管理不严，要他负责追查、赔偿。

随着全国斗争形势的好转，1937年上半年，武阳游击队与瑞金游击队、桃古游击队取得了联系，三支游击队紧密配合，共同作战，有力地打击豪绅地主武装，游击队日益壮大。

1937 年 10 月，三支游击队合编为汀瑞游击支队，下辖三支大队，武阳游击队编为第三大队，刘国兴任大队长。不久，汀瑞游击支队与国民党瑞金当局达成协议，谈判成功，在武阳的石水湾改编，成立了汀瑞抗日游击支队，下设三个大队，武阳游击队仍编为第三大队。

瑞金事件发生后，刘国兴带领游击队及时转移，避免了游击队可能遭受的损失。随后，刘国兴率领游击队开往龙岩白土，与瑞金、桃古游击队一起编为新四军第二支队第三团第二营。

浴血奋战的红三团[*]

尹林平　　何化龙

　　1932 年 4 月 20 日，毛泽东、聂荣臻、罗荣桓等同志在粉碎蒋介石反动派第三次"围剿"之后，率领中央红军东路军，击溃国民党第四十九师，占领漳州，又分兵进军长泰、漳浦、石码、海澄、平和等地。毛泽东同志接见王占春、邓子恢等人，给予热烈赞扬和指示，并派出干部 20 多人到闽南游击队工作，拨出从敌人缴来的武器充实游击队装备。

　　红军进漳六日后，闽南工农革命委员会就在漳州成立了，选举王占春为主席，邓子恢负责主持军政委员会工作。5 月初，在漳浦龙岭、山城建立苏维埃政府，开展分田斗争，并建立第一大队、第二大队两支游击武装，有 200 多人。第三大队则在漳州保卫闽南革命委员会。不久，又由石

　　＊　本文原标题为《红三团浴血奋战的历程》，收录时做了适当修改。

码、海澄、南乡、北乡的赤卫队编成第四、第五两个大队。5个大队的指战员共计600多人，在中央红军离漳前夕，5个大队集中到漳浦城关整编，由邓子恢宣布，正式成立中国工农红军闽南独立第三团（简称红三团，原大队改称为连），团长冯翼飞，副团长尹林平（中央红军留下的干部），党代表王占春，政治部主任谢小平，各连政委是何鸣、何浚、林和尚、林开昌、黄坤元，正副连长陈天国、余天助、刘胜、陈盘、王却车、陈志平等。

1932年5月28日，中央红军在完成入漳任务之后，自漳州回师中央苏区。6月1日，国民党军张贞残部即从云霄、诏安回驻漳浦，配合四十九师向革命根据地进攻。6月2日，红三团在象牙庄一带击退张贞1个团的进攻，打死打伤敌人200多名，缴获长短枪40多支。乘胜攻下漳浦县城，枪毙了民团头子陈祖武，后撤回根据地。

6月5日，红三团在崎溪寨仔村休整时，由于轻敌麻痹，被四十九师和反动民团3000多人包围，发生激烈战斗。王占春带领一连、二连、三连突围，被敌人机枪击中腹部。红三团退回小山城，王占春转移到车本村时，牺牲于白叶山，年仅27岁。这次战斗，红三团损失很大，伤亡70多人。第二天，敌人大举进攻小山城，红三团为保存实力，撤往三坪，在石锦村进行整编。整编期间重申红军宗旨：实行土地革命，打倒土豪，没收地主土地分给农民，抗缴捐税钱粮。整编后团长是冯翼飞，副团长尹林平，总指挥蔡协民。

全团指战员 500 多人，编为 5 个连，每连 80 人至 90 人。红一连在南靖，红三连在漳州南乡及漳浦湖西、官浔等地，红四连在云霄及平和五寨一带，红五连在平和山前、南靖东田、漳州天宝一带，红六连主要在苏区，为后备力量，红二连缺编。

6 月 23 日，张贞用 3 个团的兵力，在反动民团配合下，约 4000 人，从平和、漳浦、南靖三路进攻车本村。当时，我武装力量有近千人，驻扎在这 30 多户的村庄，由于主要领导蔡协民做出"分兵三路阻击敌人，死守车本"的错误决定，致使红三团损失惨重，冯翼飞在战斗中牺牲。

事情才过一个多月，红三团又分兵两路，一路以漳州南乡为中心开展工作，恢复小山城等地苏区，创建由南乡到小山城的游击区域；一路以漳州北乡为中心，打进南靖，以便向闽西方向发展。1933 年，中共漳州中心县委在龙岭召开扩大会议，总结了中央红军离漳后红三团武装斗争的经验教训，批判了军事上的"左"倾盲动思想，并决定把队伍分散，深入发动群众，逐步恢复原有地区的工作，争取开辟新的边沿区域。

这时，蒋介石将十九路军调到福建打红军，企图造成两败俱伤。1933 年初，十九路军进驻龙岭、山城、车本等地，组织守望队，禁止生活日用品如盐、肥皂、火柴等进山，后开始军事进攻，逼迫得我方连饭都吃不上，一度造成红三团和根据地的极大困难。在群众的大力支持下，我方通过漳浦的葛后、长桥，南靖的狮头，平和的浦仔、山格，云霄的古楼等地取得物资供应，解决了经济上的困难。红三团为了打破敌人的"围剿"计划，军事上采取不断向外围发展新区的方针。漳州中心县委所属南乡、北乡、龙溪圩4个区委和龙岭、山城、三坪、山前、沥水5个工委分别成立，红三团这时主要在这一带活动。于8月25日包围驻程溪的十九路军一部与民团，又攻入小溪，打下南胜，大大地扩大了游击区域。接着又在南靖大小田坑、后云等村打退十九路军1个团的进攻，缴获机枪2挺、步枪30多支、子弹3000多发、手榴弹50多枚。敌军班长、士兵4人携带武器投向我军。

11月20日，十九路军将领联合国民党内李济深等一部分势力，公开宣布与蒋介石决裂，在福建省成立"中华共和国政府"。根据抗日反蒋协定，停止向革命根据地进攻，撤出龙岭。红三团利用这个间隙，加紧扩大游击区，在靖和浦中心区14个乡，约1万人口的地区进行分田。红三团本身也在年底进行整训，总结"不打硬仗，避敌主力，打敌人薄弱环节"的灵活游击战术。并从漳浦义勇军与靖和浦游击队中补充了一批新战士。这时，红三团有3个战斗连和1个教导排。团长张长水，副团长陈桃庆，政委何鸣，政治部主任李克己。漳州中心县委派吴金为驻红三团特派员。

1934年，十九路军"闽变"失败，张贞残部回驻漳属各县，反动民团也配合蠢动。红三团先后拔掉龙岭、欧寮、白云、邦寮、五寨、何地、龙头、进水等地反动民团据点，恢复和发展了苏区工作，开展分田和建设政权活动。3月，红三团在五寨击退敌人1个团的进攻，消灭敌人1个前哨排，缴获长短枪200多支，子弹500多发，手榴弹30多枚。后来敌人增加兵力进行反扑，我军转移。

11月，闽粤边区特委调集红三团先后打下漳浦的龙岭、南靖的龙溪圩、塔潭，平和的黄井圩等反动堡垒后，由张长水指挥，在靖和浦三县交界的埔尖山地区，击退了沈东海保安团及壮丁队1000多人向我特委机关驻地的进攻，打死打伤敌人100多名，活捉80名，缴步枪100多支，重机枪2挺、军用品34担，沈东海负伤逃跑。这一仗，保卫了秋收，稳定了群众情绪。后又连打几次胜仗，敌人闻风丧胆。

1935年4月，在乌山地区开展工作的红三团1个排与红三大队合并，成立闽粤支队，后改为独立营直属特委领导，营长卢胜，政委吴金，有指战员200多人。独立营在诏安马坑、格贝楼一带经过七天七夜的战斗，采取内外夹攻，挖地道等办法，迫使顽敌缴械投降，狠狠打击了反动地主武装，推进了工作的开展。

6月，红三团在三坪大坪山与闽西红九团（团长吴胜）会师，完成了打通闽西南游击区联系的艰巨任务。

7月，红三团根据闽粤边区特委指示，发展边沿区，恢复和巩固靖和浦中心区，中心区设在平和邦寮，下辖山象埔（即山前、象坑、何埔）、三坪、韭菜坑、欧车横（即欧寮、车本、横石）、龙岭、山城、邦马坑（邦寮、马头、加者坑）等7个乡苏维埃，又开辟了大溪圩等一大片新区，使云和诏乌山根据地和靖和浦边区根据地连成一片。

1936年，闽粤边区的武装力量有了很大发展，红三团有3个连，独立营有200多人。漳州人民抗日义勇军（何浚兼指挥）也发展到1000多人，编成3个大队9个中队。在游击战争不断取得胜利，人民群众斗争情绪日益高涨的情况下，不但恢复了过去的游击区域，而且又开辟了云和、浦云、浦南、双格4个新的游击区。6月，团长张长水带领第三连和团部特务排攻打云霄白泉村时，由于对敌人情况掌握不全面，进攻失利，我军伤亡多人，张长水身负重伤，在转送梁山后的第二天牺牲。以后由何鸣兼任团长。

两广事变以后，独立营改称中国人民红军闽南抗日第一支队，支队队长卢胜，政委吴金，指战员300多人。红三团改称中国人民红军闽南抗日第三支队，支队队长兼政委何鸣，指战员350多人。潮澄饶工农红军第一大队及中国人民抗日义勇军云和诏（今属诏安县）第一大队，改称中国人民红军闽南抗日第五支队，支队长刘金盛，政治部主任刘炳勋。后红五支队于12月下旬在饶平浮山一带活动，因失警戒，受敌人两次袭击，损失很大，刘金盛、刘炳勋被撤职处分，所保留下来的指战员编入第一支队。

1936年西安事变后，国民党被迫同意国共合作团结抗日。中共闽粤边区特委接到南方工作委员会转来中央通知，改变敌对状态，与一五七师谈判，争取闽南和平局面的出现。由于国民党欺骗，何鸣、吴金的错误，以致发生漳浦事件，近千名闽南红军被缴械。但指战员们又迅速在党的领导下集结，恢复组织，加入许多新战士，后来编为新四军第二支队四团一营，开赴皖南前线，成为一支抗日劲旅。

潮澄饶边红军游击斗争[*]

蔡　湖　　文长义　　陈足祥　　文锡壶　　张寿山

三年游击战争时期，我们分别在潮澄饶县委属下的红三连、红三大队、特务大队担任过连长、班长、事务长等职务，亲身参加了潮澄饶红军武装建立革命根据地，抗击国民党军队和反动地方武装的斗争。

潮澄饶红军武装斗争的骨干，是 1932 年 7 月中共东江特委做出在潮澄饶创建工农红军的决定之后，由潮普惠抽调来的。记得是割早稻的时节，这十来人的武装骨干化装成割稻师傅，由交通员蔡湖带路，经潮安县庵埠镇，到澄海县的隆都樟籍潭墩村，袭击了隆都石堂庵警备队，缴获了 10 多支枪。队伍进入潮澄揭三县交界的桑浦山活动时，东江特委派贝必锡到桑浦山，领导这支十来号人的小分队。

同年秋末，队伍进入潮安县秋溪区北坑的南方，在北

---

　　* 本文原标题为《转战闽粤边区——潮澄饶边红军的游击斗争片段》，收录时做了适当修改。

坑、韩溪、铺埔、西陇建立了党支部、农会，发展了这几个村的在业（不脱产）游击队。武装小分队动员了一些青年农民参军，县委又将樟东区赤卫队并入了小分队。这样，潮澄饶的红军武装发展到了40多人。

这年10月，潮澄澳县委在秋溪区卢庄西北面的大涵埔，正式宣布成立中国工农红军东江独立师第二团第三连。红三连成立之后，攻击、消灭了隆城警卫中队、秋溪区警备队，后转移至草岚武、坪溪、红长村、杉坑一带山乡，在敌人"三不管"的地方进行活动。

为配合潮澄饶各地游击斗争的开展，县委从红三连抽出20多人，于1933年春成立了潮澄饶的又一支武装——潮澄澳特务大队，红三连和特务大队视游击斗争的需要，时而分开打击分散的小股敌人，时而集中攻击敌人，为在潮澄饶开展游击战争打下了扎实的基础。

1934年，红三连根据县委的指示挺进潮汕平原，红三连100多人于1月下旬进入澄海县的前埔。1月28日晚，红三连在隆都区游击队和群众的配合下，攻打仙地头乡，缴了敌人的枪，没收了许福成盐局的财产。战斗结束后，红三连由蔡湖带领，转移到澄外区上坑戴厝内隐蔽。29日夜，红三连从上坑出发，澄外区委组织了游击队和100多名群众配合部队行动，攻打龙田乡，缴获敌人长枪六七支，并没收当地豪绅的财产。事后，蔡湖带领部队进入夏桂埔乡。30日晚，红三连由木松、阿老引路，进入潮安庄陇乡野外，乘庵埠区委组织的 20 多只小船，经内河到下尾洲，进入西山村后山。31 日晚，红三连在当地游击队的配合下分兵两路：一路袭击山兜村，缴获后备队 10 多支枪；另一路到塔下村向富户筹款，当夜即转移至庵埠郭陇乡集中。2 月 1 日夜攻打刘陇乡。这是红三连下平原后最大的一仗。上莆、庵埠两区委组织了游击队和几百名群众参加这次行动。这次战斗战果甚大，击毙刘陇乡警卫队队长，缴获枪支二三十支，电话机一架，没收了 10 多户地主的大批财产。周围各革命乡村的群众都分享到胜利的果实，无不欢欣鼓舞。

红三连打刘陇后，即开进横陇新乡进行隐蔽，准备攻打华美乡。横陇新乡四面环溪，仅有两个闸门可以出入。红三连在新乡的情况被金石和彩塘两地警卫队发觉后，2 日晚，两地警卫队 50 多人包围新陇村。在这种情况下，红三连迅速组织一队人马迂回出去，进行反包围。战斗打响之后，红三连内外夹攻，彩塘警卫队狼狈溃逃，金石警卫队被追击至桑浦山河边，被红三连全歼。此仗之后，红三连转移到夏桂埔休息一天，隔夜又转到上坑。4 日袭击下坑，没收一户地主的财产。此后，队伍由许大贵带到前埔，仍回秋溪北坑去。

红三连下平原后，组织了七次战斗，七战皆捷，促进了平原游击斗争的开展。

为迎接闽南红九团到浮凤根据地，1934 年 3 月，红三连和红二中队合并编为工农红军潮澄澳第三大队（简称红三大队），分别在贝必锡和李金盛率领下，挺进闽南。红三大队沿途经饶平县的浮山、六斗、半径、松柏下、汤溪等地，广泛向群众宣传，发动群众起来同国民党反动派和地主豪绅进行斗争。4 月 22 日，红三大队进入福建诏安县汀洋埔附近的白鹤寺。30 日晨，红三大队联合饶和埔县委领导下的游击队酒湖、旧宁、赤坑三路进攻黄牛山，一举攻破黄牛山，摧毁白扇会巢穴。自称为刀枪不入的白扇会头子沈之光当场被击毙。缴获步枪 20 多支和一批大刀。接着，红三大队进抵上官陂，攻打走马楼驻军。

走马楼驻着敌军一个连，武器配备精良。守敌工事坚固，周围层层围着铁丝网，实行强攻对我军极为不利。部队领导经过周密研究之后，决定采用外攻内应的方法歼敌。战斗前的一天，陈足祥带着 8 名短枪手，化装成卖柴的群众，预先潜入圩内，暗藏在一家粿条店的阁楼上，策应大队伍攻城。当晚，壁钟刚敲完 12 点，圩外枪声大作，战斗打响了。第一中队、第二中队在外面攻城，我们短枪队乘着黑夜，向敌人冲击。敌人晕头转向，不知从哪里来的红军，一时顾此失彼。我们乘着敌人的慌乱，炸开了用铁丝网围着的栅门，一拥而入。这一仗，我们共缴获了敌人 10 多支短枪，80 多支长枪和一批子弹。

我们又乘胜攻打下官陂的封建堡垒井北楼。当地反动豪绅黄木桂是统治井北楼的"土皇帝"。他长期苦心经营的井北楼，是一座易守难攻的封建堡垒。我军攻破走马楼以后，黄木桂又请来了一个连的军队加强防卫。红三大队到达下官陂后，决心铲除这封建堡垒，为当地人民除一大害。

第一次进攻时，红三大队牺牲了6个短枪兵，没有打进去。第二天乘着黎明前的蒙雾，第一中队长罗金辉带领一班长，到井北楼附近侦察地形，摸清在井北楼东面附近有一大片又高又密的甘蔗，极好隐蔽兵力。部队的领导听取汇报后，决定诱敌于门外进行歼灭。

第二次进攻前夕，第三中队利用漆黑夜晚，预先运动至甘蔗园里埋伏。战斗打响之后，第一中队攻城后佯败。黄木桂误认为来的人不多，命打开寨门，倾巢出击。埋伏在蔗园里的第三中队乘虚占领了井北楼。第一中队返身回击，前后夹攻，全歼井北楼之敌。黄木桂滚下壕沟，只身逃命。红三连攻占井北楼后，缴获了大批武器弹药，补充了队伍的给养，又把地主豪绅的粮食分给当地的群众。此仗之后，红三连挥师北上，一直打至云霄县的车仔圩、梁山、牛角楼，在梁山一带进行游击，开辟了大片游击区，为创建乌山根据地打下了一定的基础。

1934年10月，红三大队、特务大队奉命从闽南回师浮凤根据地。11月，饶平敌军一个连袭击礼堂村。刚在埔尾村的红二中队接到群众的报告后，即和秋溪游击队、大坑乡在业游击队奔赴礼堂村包围敌军。敌人龟缩在村里进行顽抗。战斗打了一整天，敌军据村顽抗，我军久攻不克。驻饶平线东的敌兵闻讯来援，敌我力量悬殊，我军迅速撤出战斗。部队经石蛤村后山时，遭到来援敌军的袭击，号兵老树受伤被捕，接头负责人陈宗鉴弹尽之后，与敌人搏斗，击伤几名敌军之后也遭逮捕。后来在饶平黄冈英勇就义。

12月，特务大队和红二中队在青岚分水岭伏击国民党洪之政特务队，当场毙敌8人，活捉叛徒红番及敌兵16人。战斗中，特务大队政委林乌在搜索残敌中不幸中弹牺牲。红二中队由龙居寨交通员带领，分两路袭击饶城炮楼。部队抵达西门炮楼时，交通员因初次上阵，见炮楼上有人晃动，便惊慌地把土炸弹扔出去，一声爆炸，暴露了目标，红军只好撤退。另一路袭击城北金山头炮楼的队伍，听到西门炮楼提前打响，知道情况有变，也只好半途撤回，因而袭击饶城炮楼计划未遂。

同期间，为配合三饶新区工作的开展，县委从红三大队中抽出26人，组成短枪队，由罗金辉率领，到三饶、浮山一带敌后开展游击活动。短枪队进入三饶后。先后袭击官田乡公所和新圩后备队，缴获枪支10多支，筹集了一笔经费。翌年1月，胜利回归浮凤根据地。

1935年1月，驻在凤凰圩的敌军罗静涛连纠集了东兴、福南的后备队100多人"进剿"白水湖。我们探悉了这个消息后，即部署掩护群众撤退，部队迅速登上白水湖的罗汉石山尾追击来犯之敌。罗静涛连及后备队进入白水湖时，在罗汉石遭到我军伏击。当他们退回凤凰圩时，又在上春山岭遭受我军伏击部队的猛烈射击。红三大队、特务大队的机枪、步枪一齐向敌人开火，打得缺嘴罗连夹着尾巴渡河向凤凰山黄泥坑方向溃退。这一次，我们击毙了罗静涛连的主力排长黄汉光等10多名敌人，缴获一批战利品。罗静涛连被击退后，凤凰圩方面的后备队仍蒙在鼓里，中队长陈克养带领后备队，偕同布袋队共300多人，企图配合罗静涛连进犯白水湖。县委即派出一突击队，埋伏于虎作池伏击敌人。虎作池四面环山，中间一洼地，地中有一大石，形似虎，故名为虎作池。午后，敌凤凰圩后备队进入虎作池。突击队居高临下，一阵猛扫，当即击倒了后备队员数名。敌人遭此意外袭击，乱成一团，随行的布袋队见势不妙，掉头溜之大吉。伏击队又向敌群掷"土炸弹"，敌伤亡多人，中队长陈克养当场毙命。剩下的10多名伤残者，狼狈地逃回凤凰圩去。

2月21日，红三大队和特务大队袭击下埔乡梨树下后备队。红军到达梨树下村后，剪断了电线，迅速包围了后备队部。敌人来不及抵抗，很快就被解决了，活捉了后备队长文锡律，后备队的枪支全部被缴获。第二天，国民党凤凰圩驻军调防，我们误认为是逃出凤凰圩。红三大队和特务大队从镰仔湾出发，攻打凤凰圩的后河。部队在南岭和庵岭与敌激战一天。由于敌接防军杨驹营已先到达凤凰圩，闻讯来援，敌我力量悬殊，部队迅速撤退转移。这次战斗虽未取胜，但也给敌人以有力的打击。接着，红三大队又和特务大队一起，攻打丰顺县留隍的居林乡，缴获枪支子弹一批，活捉当地豪绅地主10多名，押回到浮凤上春的山洞囚禁，准备进行筹款。国民党军队进攻浮凤时，这些豪绅被救回去。一个多月后，红三大队和浮凤区联队攻打下塘铺后备队，活捉后备队长文锡恭和队员 12 名。五六月间，特务大队和赤卫队围攻大廊村后备队，敌据守顽抗，红军放火烧大门，后备队不支，挖墙洞逃走。从这以后，驻凤凰的国民党军和后备队，慑于红军和浮凤赤卫队的力量，再也不敢轻举妄动。浮凤根据地出现了较为安定的局面，为浮凤根据地进行分田、建立苏维埃政权创造了条件。

1935 年八九月间，国民党第三军第九师邓龙光部大举"围剿"浮凤。为保存红军实力，县委接受了闽西红九团邓珊的建议，组织红军武装撤离浮凤苏区，向饶诏边境转移，向红三团靠拢。部队进入闽南之后，沿途攻打干母坑、西塘、走马塘等乡公所和后备队，一直挺进到乌山，以乌山为依托，开展游击战争。

9 月，红三大队在云霄、月眉池与卢胜领导的三团一部胜利会合，两军一起，共同进行开辟乌山根据地。11 月，红三大队、特务大队、邓珊部与转移到闽南的潮普揭红二大队的卢秋桂短枪队合编为中国工农红军闽粤边区独立营，营长邓珊，政委贝必锡。全营 200 余人，担负开辟云和诏游击区和建立乌山革命根据地的任务。

1936 年 1 月，潮澄饶县委根据闽粤边特委的指示，把浮凤赤卫队与潮澄揭第一中队合编为潮澄饶红军第一大队，队长卢秋桂（后为李金盛），政委曾才炎。红一大队成立后活动于饶诏边境，领导农民进行抗捐、抗租、抗税与分粮的斗争，镇压豪绅地主，先后拔除了 20 余个反动据点，缴获敌人长短枪百余支，开辟了新的游击区。同年 3 月，闽粤边特委派卢胜和吴元金到独立营分别担任营长和政委。同时将独立营收归特委直接领导。6 月，闽粤边特委根据抗日形势发展，把独立营改为中国人民红军闽南抗日第一支队，潮澄饶红军第一大队改为中国人民红军闽南抗日第五支队，成为闽粤边红军中两支重要的军事力量。

浮凤根据地的艰苦斗争[*]

文锡壶

　　1934 年，浮凤区的革命运动更加蓬勃发展，革命根据地真正建立起来。4 月，成立浮凤区革命委员会（主席黄芝固），武装斗争的烈火遍及根据地各个村落。全区分成四个支路：第一支路是杉坑、红花树、双溪岭、打高尾、白湖一带；第二支路是叫水坑、上春、旧寮、上洋、庵下一带；第三支路是火烧寮、坪坑仔、牛踏溪、南溪一带；第四支路是南坑、碗溪、大寨围等一带。每个支路建立一支赤卫中队，各乡各村都有自己的赤卫队组织，全区形成了一个赤色联防网，抗击国民党军队和地方后备队对根据地的"围剿"。敌人来了，各村山头便吹角为号，互通敌情，互相呼应，利用有利地形打击敌人。缺少武器，便以土枪、土炮伏击敌人，自制土地雷杀伤敌人。国民党地方军队虽然进行多次"围

---

　　* 本文原标题为《浮凤根据地的革命斗争片段》，收录时做了适当修改。

剿"，我浮凤根据地仍然在发展。五六月间，为创建新的游击区，巩固根据地的工作，我被派到登荣（归湖、文响），秘密领导农民进行斗争。

发展新区的工作之后，浮凤区委书记便由陆为保同志负责。在此前后，部队也派出短枪队到游击区开展游击活动，筹集经费。我参加李金盛带领的一个 17 人短枪队，到秋溪区一带，袭击后备队，打击地主土豪，烧桥梁，剪电线，破坏敌人通信联络，筹集了一批枪支和黄金，胜利回到浮凤根据地。

1934 年 10 月，潮澄饶县革命委员会在浮凤区叫水坑成立，主席陈耀潮，革委会设在浮凤区的三平礤。11 月 7 日，潮澄饶县委又在浮凤区白湖乡召开大会，庆祝苏联十月革命节。参加会议的人数很多，各区的代表，红三大队、特务大队和赤卫队都参加了会议。会议很隆重，领导和代表都讲了话，会后还表演节目助兴，欢庆根据地工作的胜利。第二天，国民党军驻凤凰圩罗静涛连闻讯来围。获敌情后，我们迅速组织群众撤退，部队和赤卫队员立即登上罗汉石，阻击来犯敌人。毙敌排长 1 名，敌军溃退。当天下午，我们又组织力量在虎作池伏击来犯的后备队，打死打伤后备队员 10 多名，缴获敌人一些枪支。取得反"围剿"以来一次较大的胜利。会后，为配合三饶新区的开辟工作，我又参加罗金辉带领的短枪班，深入三饶一带打游击。到三饶后，袭击了官田乡公所，打过浮滨圩，缴获敌人枪支，没收反动富商财产，俘获 16 个地主，筹集一批资金，动摇了敌人的后方。年底，随着根据地工作的发展，潮澄饶县委也进入浮凤区，县委领导人陈信胜、张敏、陈耀潮等人也在浮凤根据地，领导全县革命斗争。

1935 年上半年，浮凤根据地的革命斗争达到高潮。4 月，全区几十个自然村先后完成分田工作，农民真正成为土地的主人，群众欢天喜地，革命情绪更加高涨。五六月间，浮凤区在庵下乡召开大型群众会议，宣布浮凤区的红色政权——浮凤区苏维埃政府正式成立。苏维埃政府主席是黄芝固，副主席是黄速苏和文衍协。区苏维埃政府成立后，全区有十几个乡也相继建立了苏维埃政府。

1935 年 5 月，国民党邓龙光部集中重兵开始向我潮澄饶边区进攻，由于敌强我弱，秋溪区的工作失败后，浮凤根据地也相继遭到敌人破坏。八九月间，邓龙光部大举向浮凤根据地进攻，为保存革命力量，红三大队和特务大队先后撤离浮凤区，向闽粤边区的乌山转移。敌人对浮凤区采取步步为营的策略，实行移民并村，围篱设栅，五户联保，清查户口，诱骗自新以及封锁边界物资来往的一系列手段，断绝群众和我们的联系，根据地被孤立。9 月，特务工作组长黄平叛变投敌，带领敌军包围打埔岭县委机关，两名游击队员被杀害。县委突围后撤离浮凤根据地。五六天后，黄平又引敌包围设在叫水坑的政治保卫队（这时我在政治保卫队工作），我们迅速押着"犯人"向山上撤退，敌人围山搜索，紧追不放，情况十分危急，我即令开枪处决"犯人"。我们从叫水坑突围后，来到三饶苦竹坑，县委领导人张敏等也在这里。我因脚部受伤，不能随县委转移到坪路，被留在苦竹坑负责带队看守在押的10多名地主。由于叛徒泄密，引敌包围囚禁地主的石洞，我被困了两天两夜，枪杀了六七个地主后，设法逃离石洞来到十二排，遇到在这一带坚持工作的浮凤区委书记文步炳，区委委员黄芝固、文衍协以及龙义、木松等同志。浮凤根据地的赤卫队员和部分群众，也冲破敌人的封锁，陆续来到十二排。人数越来越多，粮食问题无法解决。10月间，县委派交通员林炳春前来联系，征得县委的同意，由林炳春带我们到坪路去。到坪路后，张敏留我在县委工作，我当时既是张敏的警卫员，又是县委的交通员。来坪路的浮凤区赤卫队，由于不愿编入红军队伍，便另成立为潮澄饶第一大队，由李金盛任大队长，曾才炎任政委。

1936年4月，潮澄饶县委书记陆位保和县委委员蔡茂到隆澄、汕头开展工作后，浮凤区暂归云和诏县委管理，县委书记便调我回浮凤区委工作，这时浮凤区委秘密设在十二排的苦竹坑，区委书记是黄芝固。这里的工作很艰苦，敌人在苏区实行保甲制，推行五户联保法，各乡围篱设栅，区委与根据地的联系完全被隔绝。我后来和芝固商议，决定由我带黄财添和交通员文亚发，潜回根据地了解情况。我们秘密进入碗溪后，想通过同志的家属了解情况，但群众都很害怕，不敢接近我们，因而得不到情况。由于叛徒报讯，进村的第二天敌人就来搜捕，小小的碗溪村，被几百个敌人团团围住。我们三人在山上被困了一天，第二天才脱险回到十二排苦竹坑。

区委经过开会研究，决定派文衍协到意溪一带去联系工作，我回县委汇报。文衍协到意溪联系后回来，途经文祠时遭敌人逮捕，被禁于饶平监狱。我向县委汇报浮凤的情况后，接受了县委的指示，仍回到十二排区委。回到区委时，区委仅存黄芝固和我以及交通员林炳春、黄财添、文亚发五人。我们根据县委的指示，开展一次"红五月"宣传活动，在浮凤围仔到三饶附近的 30 多里山路上，贴标语，插旗子，撒传单，剪电线，三饶的敌人还以为有红军的队伍经过这里。接着我们又在六斗开展工作，建立了一些基础后，派黄财添回县委汇报情况。财添回来时在六斗附近被敌人逮捕，在三饶遭敌人杀害，区委的人越来越少，困难更大。7 月底，黄芝固回县委汇报工作后，带来一个 12 人的短枪班，配合我们在这里开展工作，准备在时机成熟时，配合部队，给浮凤敌人一个有力的打击。

8 月中旬，我们的工作还未就绪，又没接到县委通知，李金盛事前也没和我们联系，就带领第五支队进入牛皮洞。由于领导思想轻敌麻痹，放松警戒，部队的行动被敌人发觉，敌人沿途追赶，至牛皮洞时，受到三饶和凤凰敌军的包围，当场牺牲了 20 多人，部队突围到牛角厝，与区委取得了联系，我们认为不宜孤军深入，为保存实力，建议部队要立即撤回闽南去。可是李金盛却坚持既然来了，就要在浮凤给敌人一次打击，这样，部队又在牛角厝驻了两天。坪溪、凤凰圩敌人闻讯又来包围，部队在苦竹坑再次受到敌人袭击，又牺牲了20多位同志。突围后，队伍由林炳春带路撤回闽南去。黄芝固也随队伍到福建，后仍回来和我一起护理伤员。经过一个多月的努力，送走了最后一名伤员。我们两人也于10月间离开十二排。回到县委后，我才知道县委最近在大营乡受敌包围，机关撤走时黄芝固不幸中弹牺牲。

1937年1月，我被县委调到诏安三区，接替陈耀潮的工作，组建三区区委，任区委书记。同月，张敏又派县委委员曾才炎带林炳春、黄永信回浮凤恢复工作。到达十二排之后，黄永信叛变投敌，带敌包围曾才炎住地，曾才炎当场牺牲，林炳春突围脱险回县委汇报。此后，县委就再没派人到浮凤了。

乌山根据地的创建和发展[*]

温仰春　游祥冇

乌山，位于福建的诏安、云霄、平和三县的交界处，她的西北毗连着广东的饶平、大埔诸县，是闽南一条较大的山脉。

早在 1926 年到 1928 年，东江特委领导下的饶平县委就不断派出工作人员到诏安毗邻饶平的山区进行隐蔽革命活动，在饶平的九村和诏安霞葛的厚安村成立了饶（饶平）和（平和）埔（大埔）诏（诏安）游击总队和饶和埔诏苏维埃政府。1929 年秋天，红四十八团在饶平的双喜正式成立，团长罗时元，政委温仰春，副政委连半天。两三个月后，温仰春调离部队，由李光宗接任政委。初建的四十八团，归红军第六军十六师领导，到 1930 年 5 月 19 日东江苏维埃代表会宣布正式成立红十一军时，才划归红十一军

---

　　[*] 本文原标题为《卓越的斗争 英雄的业绩——乌山根据地的创建和发展》，收录时做了适当修改。

领导。

当时，这支武装力量迂回活动于饶和埔诏边区，发动群众打土豪，分田地。红四十八团在短短的几个月内，攻打了大埔的唠村、大产圩和白土的民团，又攻打了饶平的上善和下善的团防，消灭了这一带的地主武装。接着，又转战平和的长乐，攻打坪回、小芦溪、小象湖、大象湖、三来洲、朱家畲，使这些地方的地主武装大部瓦解。后来迂回到大埔的漳溪、赖家营、双溪、百侯、枫朗、高陂以及饶平的庙子前，横扫敌人如卷席。1929 年 10 月，红四十八团又折回诏安下葛，一举消灭了敲诈勒索群众的官办盐站，打开盐仓，赈济农民。

在毛泽东、朱德率领红军胜利进入闽西之后，在闽西革命斗争获得蓬勃发展的大好形势鼓舞下，为了打通闽西南的交通线，红四十八团经过连续的英勇作战，攻围楼，取碉堡，突破国民党军队和地主武装的重重拦截，从饶和埔诏边区一边打闽西的龙岩、永定、上杭，终于使东江革命根据地和闽西苏区连成一片。其后，红四十八团又奉命北上闽西参加训练，配合红十二军作战，由于人地生疏，战斗失利，部队受到很大削弱。以后，与辗转到闽西的红四十七团会合，在打下永定县城后，正式编入红十二军，成为红十二军的第四连。

1930 年 12 月，饶和埔县委在广东大埔县的大产下村祠堂召开县、区、乡代表大会（300 余名工农兵代表参加），会议开了一个星期，最后正式通过成立饶和埔革命委员会的决议。可是在大会即将结束时，国民党军队在乡团武装的配合下，几千人包围大产下村。在敌强我弱的情况下，饶和埔县委与饶和埔革命委员会的领导成员，不得不作战略退却，向诏安县霞葛镇南陂转移，与饶和埔诏中心县委靠拢。此时，敌人正在调兵遣将，阴谋大规模"围剿"饶和埔诏边区。翌年6月，住在南陂厚安村的饶和埔诏中心县委受敌包围，在突围时，县委书记刘锡三（真名何丹成）身负重伤，后转秀篆镇石下再到饶平县浮山镇长教乡疗养。8月14日，以国民党广东军黄南鸿部500多人，伙同乡团，共1500人进犯诏安县秀篆镇石下、炉坑一带苏区。翌年，诏安的秀篆、官陂、霞葛等苏区，连续三次遭受敌人大规模的"清剿"。到1933年夏秋，刘锡三壮烈牺牲，饶和埔诏县委书记由余丁仁代理。

在饶和埔县委秘密活动于诏安西北山区的时期，1934年初，潮澄饶县委领导的红三大队，这时除迁回活动于潮澄饶边区，保卫红色政权外，有时还开到饶和埔边区和诏饶边境活动，实际上是与饶和埔诏中心县委取得互相呼应、互相配合，以发展外围地区来巩固凤凰山苏区。到1934年5月末，红三大队和潮澄饶游击队，也胜利打通了广东饶平、潮安、丰顺和福建的诏安、平和、云霄等县几百里长的区域。1934年是凤凰山根据地的全盛时期，革命工作得到顺利发展，于1935年开始分田。但这时中央红军已被迫撤离中央苏区，开始了举世瞩目的二万五千里长征，参与"会剿"中央苏区的粤军陆续返回广东，准备"清剿"各地游击队。国民党陆军第三军第九师（即邓龙光师），是年春夏间攻陷大南山根据地，继而又集中 3 个营的兵力，对凤凰山苏区进行全面"围剿"。由于敌人采取第五次"围剿"中央苏区的做法，步步为营，逐步蚕食，加上县委在敌强我弱的情况下提出不切实的"保卫苏区"的口号，使红军主力和苏区干部都束缚在一块孤立无援的小地域，无法跳出外线作战。后来，虽然县委领导和主力部队都得到脱险转移，但浮凤苏区很快就被敌人攻陷，群众备受摧残，红三大队转移迂回于三饶期间，刚好与游击到饶诏边的闽西一支 20 多人红军小部队相遇，这个小部队是由邓珊带领的，干部还有巫希权、兰利等人，邓珊以前曾去过凤凰山根据地，深知那里的地理形势，认为一时是难于夺回的。建议主力向福建诏安的乌山转移，开辟新的根据地，然后以乌山为依托，开展游击战争，伺机再图凤凰。红三大队的领导人经认真研究后，认为这一意见是正确的，便于 9 月间同邓珊部队从三饶的龙居寨出发，越过诏饶边界，进入八仙山，向乌山进发。秋溪区游击队和浮凤区联队，也尾随红三大队向乌山转移。至 12 月初，撤至刺竹坑的潮澄饶县委由原属潮澄揭县委领导，后因小北山和桑浦山陷落而转移至浮凤暂归潮澄饶县委领导的红二大队短枪队（由大队长卢秋桂带领）负责保护，分批撤往诏安一区（包括诏安的汀洋埔、下坂楼、搭桥、坪路、景坑等二三十个与饶平边邻的小村庄）。这里是1933年春隆都区区委委员赵金弟前来开辟的。赵此时以区委特派员的身份也在此地活动，有较好的群众基础。在此之前，浮凤区的乡、区干部和一部分赤卫队员、革命群众，都已沿着红三大队开辟的路线，陆续向诏安转移。

隔年1月，潮澄饶县委在坪路附近的一个小村里召开会议，根据斗争形势的需要，决定成立饶（平）诏（安）工委，由张敏任书记，坚持在饶平、诏安两县的边境地区开展工作。

1934年春，中共中央决定在福建和广东边界成立中共闽粤边特委，直属上海中央局领导。8月1日，特委正式成立，书记黄会聪，委员有何鸣、何浚、林路、张敏、赖洪祥、谢卓元、许其伟等人，边区特委领导下有靖和浦、潮澄饶、饶和埔（饶和埔诏）三个县委和漳州城工委，武装力量有红八团和红三大队共800多人。

1934年秋天，三坪战役后，饶和埔县委转移到诏安的赤竹坪。此时的书记是赖洪祥，组织部部长许其伟，宣传部部长余丁仁。这个时候潮澄饶红三大队向饶和埔县委靠拢，驻在下葛、赤竹坪一带发动群众打土豪。同时，饶和埔县委在马坑、赤竹坪一带领导分田。饶、和、诏三县的国民党顽固派纠集了6个连的兵力进犯根据地，红三大队撤出苏区，分田被迫停止。到1935年初，赖洪祥病逝，饶和埔县委书记由许其伟代理，组织部部长改由张崇担任。县委机关又从赤竹坪转移到黄秋坑、尖陈仔一带，这时，饶和埔县委只剩下 5 个干部和十几个小村庄，工作异常困难，就主动撤离秀篆、上官、下葛，转入乌山根据地。

1935 年秋，进入乌山地区的红三大队，经过周密的侦察部署，很快地消灭了驻防诏安县保安团，使乌山土匪沈东海部的有生力量在乌山站不住脚。在此之前，由卢胜同志带领闽南红军第三团一个精干武装排，在取得埔尖山（位于靖和浦三县的交界处）的战斗胜利后，根据闽粤边区特委开辟乌山根据地的指示，也游击到乌山一带，并奇袭了云霄水晶坪桥仔头一座土围楼，枪毙了一个反动地主，缴了长短枪 10 多支，把没收的大部分财物分给了当地群众，从而扩大了政治影响，打开了局面。不久，这两支武装部队在云和诏的交界地月眉池胜利会师。而后，闽粤边特委考虑到红三大队由于受"左"倾错误的影响，连续进行肃反，大大削弱了战斗力，指示卢胜部与红三大队合并，组建为闽粤支队。支队原计划打回凤凰山，恢复浮凤苏区工作，后因敌人重兵封锁诏饶边境，大部队运动不过去，又折回乌山坚持武装斗争，在乌山之巅插上了革命红旗。从此，乌山地区便逐步成为闽粤边人民革命的摇篮。

1936 年 2 月，饶诏工委在一区某地的一片甘蔗地里，与红三大队派来的侦察兵取得了联系，互相通报了情况。边区特委随后派负责人何鸣来到此地同县委几位负责同志见面，听取了工作汇报，大约是 3 月初，在乌山的十八间召开了由何鸣主持的原潮澄饶县委领导成员及有关区委负责人会议。会议传达了边区特委的如下决定：（一）取消饶诏县工委，组建新的潮澄饶县委和成立云和诏县委。从原潮澄饶县委中抽调部分负责人到云和诏工作。潮澄饶县委书记为陆为保（原负责饶诏县工委宣传工作），云和诏县委书记为蔡明（蔡明即蔡蔚林，原任饶诏县工委秘书，以后在肃反中携款外逃）。（二）诏安坪路一带和澄海的隆澄区为潮饶县委的工作区域，要求县委争取恢复浮凤区工作。云霄、平和、诏安三县交界的乌山地区，为云和诏县委的工作区域。（三）张敏上调特委工作，任特委常驻云和诏特派员，负责云和诏全面工作。（四）红三大队、卢秋桂、邓珊部和卢胜部合编为中国工农红军闽粤边区独立营，以乌山为依托，在云和诏一带开展工作。秋溪区游击队、浮凤苏区联队、浮凤赤卫大队与转移到诏安的浮凤苏区的党团员和革命群众，合编为中国工农红军潮澄饶第一大队（简称红一大队），刘金盛任大队长，曾才炎任政委，归潮澄饶县委领导，主要活动区域是诏饶边境。经过这样的重新组合，闽粤边的党组织加强了，武装部队的战斗力也加强了，坚持斗争的方向更加明确，为以后武装游击打下了坚实的基础。

这一年的 9 月，闽粤边特委召开扩大会议，正式决定撤销饶和埔县委，将其所辖的工作区域划归云和诏中心县委领导。

独立营建立后，先由邓珊同志任营长，后邓珊同志在七高礤战斗中负重伤牺牲，营长一职由卢胜同志继任，政委先由贝必锡担任，后为吴金（时为闽粤边特委委员）。营以下设2个连队，还有1个营部和1个通信班。全营共有指战员200多人，当时摆在独立营面前的严重任务，就是怎样依靠群众，组织群众，开展武装游击斗争，为巩固和发展乌山革命根据地而斗争吸取了凤凰山失败的教训，独立营立足于云和诏乌山地区建立党的组织和群众组织，并对肃反问题做了实事求是的纠正，使部队得到生机，很快恢复了战斗力。

这个时期，独立营在广大群众的密切配合下，先后打了不少胜仗。1936年4月，部队采取挖地洞炸炮楼和内外夹攻的办法，与敌激战七个昼夜，攻破了诏安山区的一大反动据点——隔背坑坝楼，迫使地主武装投降，使革命工作迅速向西北方向推进。接着，又一举攻克了云霄的半岭，拔掉了诏安上官陂的大土楼，缴获两地反动民团的枪械数十支。这一年的夏秋间，又智取了诏安金溪的圆林灰寨，抓了两个大地主，缴获了100多支长短枪，并把没收的财产分给群众，还根据群众的要求，把其中一个最反动的地主杀掉。这样一来，群众情绪异常激昂，金溪附近的地主豪绅都抱头鼠窜，到县城"避难"。

袭击云霄县城银行，更是一次十分出色的战斗。当时正当两广事变发生后，蒋介石调集大批军队向广东逼近，闽南的驻军又集中"清剿"平和地区，云霄县城只有1个伪保安团驻防，后方极度空虚。情况摸清之后，为解决部队给养，决定利用中元节进行一次化装奇袭。1936年7月18日早晨，从独立营和红三团挑选出来的40多名精干的班排干部和老战士，组成一支小分队，由卢胜同志亲自带领，有的打扮成农民，把枪支插在柴草里，或埋在篮子中；有的装扮成"阔佬"商人，混在络绎不绝的人群中涌进县城。而由独立营、红三团、赤卫队组成的一支500多人的队伍，则在拂晓前就赶到云霄城南门口外的将军山下埋伏，利用甘蔗园做掩蔽，还在离城两三里的山堡安置了两挺机枪，以掩护部队进城和撤退，我们的部队在城里活动了三个多钟头，同敌人进行了一个半小时的激烈战斗，终于迫使银行的出纳交出钥匙，完成了"取款"任务。共缴获伪钞1万多元，除解决边区红军的给养外，还送部分给根据地人民。这次行动，在闽南的政治影响很大，使敌人都吓破了胆，"围剿"平和一带的敌军闻讯丧胆而溃退。乌山革命根据地得到了进一步的巩固和发展，根据地内增设了交通站、被服厂和印刷所，并设有后方伤兵医院和看守所。乌山周围的广大平原地带，也都成为红军的游击区。

正当闽粤边革命烽火越烧越旺的时候，蒋介石急忙调遣国民党中央军八十师、七十五师和广东军一五七师先后驻防闽南，纠集伪保安团和地主民团对乌山根据地进行一次又一次的"围剿"。敌人实行军事"合击"和经济封锁兼施的方针。妄图用"移民并村"和加强保甲联防的办法，把根据地的群众同红军割断开来。对此，闽粤边特委一方面发动和领导群众实行"坚壁清野"，敌人一到，部队就掩护群众上山躲藏；敌人一退，部队又加强岗哨，让群众下山生产。另一方面红三团、独立营和各地游击队紧密配合，开展小规模的分散的群众性游击战争，打地主土豪，捕捉敌人哨兵，袭击各处的小股敌人，有时还插入敌占区散发传单，迫使敌人不敢在苏区一带长期驻扎。在敌人加紧"围剿"、封锁，环境更加困难的时刻，独立营曾一度撤出根据地，分散深入新区，配合地方工作人员组成工作队做群众工作，使红军部队不仅学会了打仗，而且学会了搞经济工作和群众工作，打好"政治仗"。在人民群众的大力支持下，巩固和发展了党的组织，保存和壮大了红军力量，并争取了敌人的守望队，使之成为红色抗日自卫队，变敌之炮楼为赤色炮楼。还在根据地周围开展统一战线工作，建立了军事缓冲区，争取了多数的保甲长搞两面政权。在武装游击不断取得胜利的形势下，独立营、红三团联合又开辟了云和、浦云、浦南、双格4个新的游击区。此后，红三团还开辟了灶山游击区，使靖和浦根据地和云和诏乌山根据地连成一片。

这样，闽粤边区终于突破了国民党军的层层包围和封锁，胜利地坚持了艰苦卓绝的三年游击战争。

石门村合作社[*]

林 临

    1934 年下半年，国民党广东军"围剿"我闽粤边区，在苏区周围大量建筑炮楼，组织自卫队，对苏区实行经济封锁。靖和浦地区（尪仔石山一带）周围的程溪、龙溪圩、石榴坂、南胜、五寨、小溪、文峰等集镇，都驻扎了敌人。他们不准商人携带煤油、火柴、棉布、烟、盐等日用品入山。苏区群众下山赶集，一旦被他们碰到就被抓去。我们的部队、群众在经济上十分困难。这个时候，党领导苏区群众用各种办法战胜敌人的经济封锁，发动群众集资创办合作社就是其中之一。石门村的合作社是当时办得较好的一个。

    1934 年 10 月，石门村（属靖和浦县五南区候洋乡）的合作社办起来了，合作社的经理是乡苏主席、党支部书记林临。合作社生意还不错，每逢清早、中午、黄昏时候，买卖

<hr>

    * 本文原标题为《一个反经济封锁的好典型——忆石门村合作社》，收录时做了适当修改。

就热闹起来。村里的青年小伙子，队里的战士，在合作社里买到火柴、毛巾、牙刷等生活用品。在敌人层层封锁下，能够买到一双鞋子、一盒火柴那是多么难得的事情呀！这样的合作社谁不喜爱它?！合作社还没有办的时候，敌人封锁得紧紧的，群众想买点盐、烟和日用品要跑得很远，通过亲戚转到云霄、漳浦买了才偷偷摸摸地送到石门，供应极其困难。部队缺乏鞋子、电池、毛巾等日用品的问题也相当严重，有时连粮食也没有。

开始办合作社的时候，谁都不晓得合作社是个什么名堂，林路和周木同志动员群众自己拿钱来做生意，可以打破敌人的经济封锁，买东西不用去白区，因此，大家都很赞同。但要怎么办社，谁都不懂，凭着自己相信共产党、相信红军，把钱凑起来了，全村有40来户，入了28股，一股10份，一份1角钱，拿1元算一股，群众凑了28元。团体（指党政机关）和工作人员也帮助合作社凑了14元，总共只有42元本钱。开始生意是不好做，以后碰上队伍有时打土豪，搞到一些东西或现款借给合作社做本钱，生意就搞开了。红军战士要的毛巾、牙刷、牙膏、肥皂、鞋子、香烟、火柴以至针、线，合作社都有得卖。想吃面，找合作社买面粉。有时打仗肚子饿了，还可以在这里买到一些糕饼。群众要火柴、煤油，什么时候要什么时候有，只是没有经营棉布和奢侈品。那时，候洋村（280多户）是产粮区，村中的守望队大部分被我们争取过来，队伍要粮就由合作社和候洋村接头户联系，乘联保没来人，叫候洋村的人挑到合作社里，转卖给队伍。碰到队伍没钱，由合作社出面向卖粮人代借，以后才付款。在合作社经营的 4 个月当中，前后供应队伍 4000 多斤的大米，供给三坪后方看守所 700 多斤面粉和 300 多斤鱼。这些物资都是由合作社派人连夜运到尪仔山鸽婆石的一个草寮里，再让他们接去。合作社的顾客有本地的也有外地的，有时东楼附近的群众碰上环境紧张也上石门买东西。流动着的和不在本村的队伍，甚至后方机关有时也寄单子来买东西，经理总是办了再给他们挑上门去。

在敌人的封锁下，合作社从哪里搞来这些货呢？苏区周围的集镇都控制在敌人手里，但群众的心却向着红军。石门合作社和所有合作社一样，靠着党和群众的联系，靠着群众对红军的支持，突破了敌人的封锁线。敌军把住了集镇不让我们买东西，我们就去云霄县城买。他们封锁了大路，我们就从山上的小路走，怎么也困不死红军和苏区人民。

石门合作社的经理找了一个当米贩的朋友，他原是来往云霄——古楼的，我们争取他给我们办货物。只说我们办"店仔"，他去云霄买东西，挑到徐南坑交给林临，那时徐南坑已有我们的工作人员，敌人封锁不严，东西就从这条线运进石门村，买 10 元的货物，补贴他 1 元的工钱，他满意，我们也很高兴。一个月后，他被云霄敌人发觉了，我们又另找了一个人代替他的工作。合作社还设法叫盐贩仔挑盐来卖，叫杀猪的杀一只猪包给我们，就这样在困难的条件下保证了部队和群众的需要。

合作社还请林路和周木帮助记账管钱，一月盘点一次，结一次账，账目算出来了由 3 个社员代表分头给社员公布，社员都很欢喜，合作社平时照原货价（包括运费）加一成卖出货品，社员买卖只收成本。才做两个月，合作社就赚了42 元，利钱和原来成本一样多，本来讲社员要分利，后来大家自愿把利钱交给合作社做本钱。

石门合作社生意一天一天大起来了，群众的困难也一步步得到解决，区委表扬我们的工作，还特地派人到这里来参观。

巩固后洞游击根据地[*]

吴运琳

后洞位于漳浦县东北部的朝天马、古罗两座大山中，东北毗连大帽山，东南毗连灶山，北边与海澄（现龙海）县交界，南面是赤土，东南是湖西，西面是长桥、官浔，北面是赤岭。当时后洞距离周围国民党各个联保办事处和官浔区署都在 20 多里，县城到后洞约 60 里，是国民党反动统治薄弱的地区。

1936 年 3 月，闽粤边区特委派我到靖和浦三区任区委书记，主要任务是消灭张保祥汉奸、土匪及豪绅地主的反动武装，解决经济问题，建立基层党支部和赤卫队武装。我带工作人员陈亚才、张总等配合义勇军第三大队（队长卢尤、副队长王德海）开到漳浦县长桥乡溪内、内屈村后面山上驻下。当时长桥联保主任"黄狗屎"有联防队 20 多人，在离

---

* 本文原标题为《打击地方反动势力，巩固后洞游击根据地》，收录时做了适当修改。

我义勇军驻地几华里的倒桥、翁厝两座炮楼又驻有敌人护路队，以阻止我游击队活动。我们主要靠党支部和顶马、中墘、田仔、旧厝、顶厝、下井、君尚等基点村的人民群众在粮食等方面的支持。我义勇军和赤卫队夜间开展工作，日间在山里上政治课和军事课，提高义勇军的政治思想和军事技术水平。我们的工作分两路发展：第一路由工作人员陈亚才和副队长王德海带义勇军一个排去石坑、坪林、过溪、楼仔、后寨脚等村的丛林中驻下，了解匪敌情况，再向乌龟、马肚开展工作；第二路由工作人员张总配合义勇军大队长卢尤带两个排开去白石、卢厝山中驻下，侦察匪敌活动情况。我负责区全面工作，住的地方不固定。

汉奸张保祥只带30多人，武器装备一般，但他不仅是经济土匪，而且与日伪汉奸有联系，并得到国民党反动政府暗中的支持，也与豪绅蓝秋金等有勾结，张匪的存在对革命游击根据地群众的威胁很大，对我们开展新区的工作也有妨碍，这是对我们开展工作不利的一面。地主蓝秋金在国民党漳浦县政府中有一定地位，但他只有10多人的武装，短枪、步枪合计也不过10多支，战斗力不强，一打就垮。他的住宅虽有铁丝网防备，但也不能保住他的安全。我们周围的赤岭、湖西、赤上、长桥等地只有敌人联防队，没有保安队与正规军，这对我们开展工作是有利的另一面。

我们游击区的同志在反动政府统治下受尽苛捐杂税和田租、高利贷的层层剥削，生活困苦。根据这种情况，区党委研究决定，提出开展抗捐抗税减租减息等斗争，这也正是游击区人民群众的迫切要求。但起初抗捐抗税和减租减息是在内部的提法，而群众对伪政府则只说捐款摊派太重、不合理，只交一部分，拖欠一部分，税款采取回避不交的办法。田租经内部研究决定按照党的政策做三七减，而佃户公开对田主还是只说收成不好，不能全交。例如原定交400斤的只交280斤，其余120斤拖欠不交。利息每年100元的也只交70元，30元不交。由于有红三团和义勇军做后盾，人民群众敢于斗争。后来联保主任不敢派兵强迫收捐，税务员不敢到游击区收税，地主也不敢逼租，佃户交多少他们就收多少。利息也是一样，对抗苛捐杂税和减租减息取得胜利，大大鼓舞和提高了人民群众对敌斗争情绪。

人民群众认识到，只有在共产党的领导下与敌人做斗争，才能取得胜利。我们把在斗争中表现立场坚定，工作积极，大公无私，作风正派，符合党员条件的农会会员吸收入党。当时，二区除由叛徒黄狮破坏而断了关系的漳墩、草坂两村之外，我们原已建立洋尾溪、坊坑、石门、官园、浮山、东头、山边、坑仔、塘仔、割后等10个支部，有30名党员。通过对敌斗争，又发展和建立了石坑、后洞、水磨、卢厝、柴桥坑、荔枝林等6个支部，有19名党员。全区合计16个支部，共有50名党员。在党支部的领导下，各乡都建立赤卫队武装，各队人数不一，为5人至10人，全区赤卫队武装有90多人。武器方面少数是单发枪，大多数是鸟铳。队员没有脱产，日间在地里劳动，夜间在工作人员的配合下开展工作，有时剪断敌人电话线，有时炸掉敌人交通要道的桥梁，有时散发传单，有时配合红三团或义勇军抓土豪和袭击敌人。

1936年4月，我红三团第三连在洋尾溪、官园、东头、浮山、顶溪坂一带游击活动，依靠九龙岭大山，控制国民党反动政府从漳州通往浦、云、诏的交通要道。有时炸桥梁，有时剪电线，经常伏击敌人。同年5月间，我红三团第三连在连长陈潮山和指导员刘清的率领下，在九龙岭伏击由国民党七十五师一个连护送的运输队，当场打伤敌人20多人，缴获轻机枪2挺，步枪20多支，子弹1000余发。在战斗中我第三连排长许锡同志英勇牺牲。同年6月，红三连在义勇军配合下，在人民群众的帮助下，进攻官浔伪区署，毙敌11名，俘敌20多名，缴获枪支二三十支，使敌人在军事上受到打击。

7月间，红三连又在义勇军配合下，由群众带路，进攻湖西小屿村，抓到大地主蓝秋金，缴获长枪、短枪10多支，子弹800多发，银圆500余元，鸦片烟土50多斤，并把没收来的一部分财产分给贫苦群众，把蓝秋金抓起来关押在石坑祠堂。第二天下午约4点钟，土匪张保祥纠集30多名匪徒，从山路避开我岗哨，冲进石坑祠堂，妄图抢回大地主蓝秋金。在我机关枪扫射下，土匪死伤10多人，丢下10多支枪和一批子弹，狼狈逃窜。蓝秋金被我们关到1937年7月国共谈判合作抗日时才放回。汉奸土匪张保祥在我红军打击下损失惨重，我义勇军在赤卫队配合下继续追击，这一批土匪在我们外围的山区站不住脚，由张保祥率残部逃窜到云霄县山区，后来受国民党福建省师管区收编。

我义勇军开到溪内一带，驻在内屈山上。8月间，除掉了曾杀害我割后村支部书记蔡万钟的反革命分子陈水。不久，我义勇军又在塘仔村除掉了杀害我工作人员吴永福的叛徒郑木斗。同年9月，我义勇军去罗山抓土豪，没有抓到，没收了他们一部分财产分给贫苦农民。10月，我们要向石壁村开展工作，先了解到该村家长（族长）思想反动，不准群众接近我工作人员和义勇军，并向群众派款购买3支枪和100多发子弹，夜间在各条路口安装路铳，准备抵抗义勇军。我们知道他们的路铳在早上7点钟要收回这一情况，就由义勇军队长卢尤、通信员薛大头两人化装为农民，于早上8点进入石壁村。这次虽然抓不着家长，却缴了3支步枪和100多发子弹，我们还向村中群众宣传共产党的方针、政策，收到很大效果。

我们巩固了后洞革命根据地，即由工作人员张总同志向赤土、前坂、下宫、眉力、东厝开展工作，陈亚才同志向赤岭大路边、山仔坪、苦致、牛埋尾、大境等村开展工作，并向湖西山区各村推进。我在塘仔利用亲戚关系向长桥、店前、门口山、下洋、石虾、南坑、罗山尾等村开辟新的游击区。我除回县委开会和在区委开会研究工作，都住在塘仔、荔枝林、柴桥坑、后洞、水磨等游击根据地，工作有八个多月时间。在上级党委的正确领导下，又有基层支部的配合和赤卫队武装的保护及游击区群众的支持，我们才有办法坚持与敌人斗争，巩固革命游击根据地。

漳州人民抗日义勇军[*]

朱曼平

漳州人民抗日义勇军是一支群众性的革命武装。它积极配合闽粤边红军游击队，牵制敌人"清剿"，保护群众利益，在艰难的游击战争中起了重要的作用。

1935 年初，中共闽粤边区特委和靖和浦县委分别召开第五次扩大会议，决定以红三团为主力，派出工作团走村串户，宣传群众，开展群众性游击战争，使部队会打仗，又会筹款；既是工作队，又是战斗队；既要做好经济工作，又要做好群众工作。我作为当时边区的工作人员自始至终参加了。

我现在仍深切感到，当时开展群众性的游击战争，是一项非常艰苦的工作。如五南区，我刚去的时候只有几个脱产工作人员在白区，群众和我们不敢碰头，几乎连吃的问题都

---

[*] 本文原标题为《活跃在闽粤边区的一支群众性革命武装》，收录时做了适当修改。

无法解决，我们到山上去联系群众，但群众都被移民移到白区去了，很难找到关系。以后，我们只好利用夜晚，乘他们巡田之机，找到了马头的文仔、义路的阔嘴和柴留等群众。采用同群众一起搞地主的鱼吃，共同分享胜利果实等办法，才同群众挂上钩。后来，经过很长时间，才逐渐同被移民中的共产党员联系上。我们把群众发动起来，与守望队取得联系，随即在南胜掌握了几座炮楼及其守望队、壮丁队。平时，守望队、壮丁队在家生产，晚上集合起来，我们就以红军的名义，利用守望队、壮丁队抓土豪，张贴红军标语，搞了一年多时间，还用守望队、壮丁队的武装去抓土豪。敌人以为我们有很多红军，到处搜山，结果搜不到红军的踪迹。但最后还是暴露了。有一次到南胜与五寨交界的坎头抓土豪，半途碰到敌人，就打起来。对于那些已经暴露的守望队和壮丁队，我们就把他们组织起来，编成抗日义勇军。仅靖和浦根据地的一区、二区、三区、五区和中心区的 60 多个村庄都普遍建立了抗日义勇军。以后，发展到 3 个大队，有 400 多人。同年下半年至 1936 年，云和诏各乡村也相继掀起了报名参军的热潮。到 1936 年下半年，云和诏县委在梅林银坑自然村成立了人民抗日义勇军大队，下分 4 个中队，300 多人。

漳州人民抗日义勇军诞生了，很快就成了一切愿意抗日公民喜闻乐见的组织，它符合抗日民族统一战线的精神，采取了不脱产、半脱产及全脱产三种形式。他们多数人平时种田耕地，站岗放哨，实行劳武结合。其中脱产的义勇军，都有武器装备，和主力红军一样参加战斗。特别是当时，敌人专找我们红军作战，"清剿"很残酷，红军游击队要守住根据地，实际上是守不住的，而且粮食供给也无法解决，只好暂时离开根据地，实行外线作战。在根据地对付地主武装，或敌人便衣小股侵袭的重担便落到了人民抗日义勇军的身上。1935年12月，云霄、诏安、平和三县民团配合地主武装共4000多人分数路围攻云和诏根据地，红军游击队避开敌人，到平原地区开展游击战争。抗日义勇军留在根据地内，把小孩妇女疏散，让群众藏进山洞，并把能搬的东西都搬上山。敌人"清剿"时，一无所获，就把搬不走的东西打烂，将未收成的农作物毁坏。敌人一走，义勇军指战员立即恢复根据地和帮助群众重建家园。因此，群众的斗争情绪十分高涨，从此他们更加积极地支持红军。

特委为了加强对各地义勇军的领导，于1936年6月，在邦寮召开会议，正式成立了漳州人民抗日义勇军总指挥部。何浚同志任总指挥，朱增强任副总指挥，我任总政治部主任。总指挥部下辖三个大队：第一大队由何鸣同志直接指挥，主要在平和县活动；第二大队由邢乐民指挥，主要在漳浦的洋尾溪、长桥一带活动；第三大队由我带领，主要在漳浦梁山等地活动。我带部队去梁山以后，五南区委书记由梁培德接任。此时，柯志达在溪南已建立了支部，部队到下布时，柯志达等同志在村口路边鼓掌欢迎部队。有较长一段时间部队经常在水涨田、碑内、后港、苦竹、刘坂、巷内、过边洋、龙潭、后井等地活动。不久。队伍发展到300余人，地区扩大到霞美、杜浔一带。

随后，我们又到白区开展工作，从溪南发展到漳浦县城内，城内的詹开发工作很积极，义和堂中药铺是由他开张的。通过药店和县城内部工作建立联系，又把工作开展到美山、旧镇，直至佛云等地。因为有了白区工作和游击队根据地，就由吴庭坚、张太西、张明治、杨流仔等人成立了两个区委，一个叫浦南、一个叫浦西。杜浔工作开展以后，也成立了一个区委。有了这3个区委为基础，就成立了漳浦县委，县委由吴庭坚、张太西、柯志达、张明治、杨流仔等人负责。我和部队经常在下布、下楼、溪南、后港、刘坂、苦竹等地活动。由于交通阻塞，云和诏4个大队没有参加成立大会，但也隶属特委和总指挥部指挥。那时，大队下设中队，中队以下以自然村为单位，成立分队或小队。中队以上干部均由红军干部担任。这时，形势对我们很有利，军事力量也有了很大的发展，红三团主力已有3个连，和漳州人民抗日义勇军合计起来，队伍已经发展到两三千人，再加上配合地方武装到处打，革命运动轰轰烈烈地开展起来。地区也开展得很宽阔，从南胜顺公路而下可直到漳浦的溪南、眉田、巷内、白水营，直到漳州边沿；漳浦的部队可以从梁山、旧镇到佛云、海澄一带活动，这是胜利的时期。

特委很重视抗日义勇军的建设，要求义勇军成为红军作战的助手。因此，义勇军的干部是由红三团派去的，按照红军游击队的要求建设这支队伍。如思想政治工作，运用读书会、游艺会、生活会等方法，加强对战士进行教育。白天坚持出操，训练军事；晚上学习文化，开展文娱活动；周末过组织生活。因此，人民抗日义勇军政治空气浓厚，他们作战英勇，吃苦耐劳，组织纪律性强。对义勇军的给养，1936年上半年以前和红军一样，主要依靠打土豪、对富农派款来维持。到1936年下半年，除向地主豪绅派其应负担的抗日经费外，还向富农进行半解释的募捐来维持。义勇军的生活费，每人每天只发两角的伙食费，每人每月发两元的零星费，总共每人每月发八元的生活费。至于义勇军的武器，多属广东"七九"和汉阳五排步枪，以及一部分土造五排枪，这些武装都是红军两年来从敌人和豪绅地主手中缴来的，以后义勇军配合红军参加战斗，他们自己也缴获了一些武器弹药，做到人人都有武器，并能随带100多发子弹。

1936年6月，人民抗日义勇军第二大队配合红三团第三连袭击国民党漳浦官浔镇区署，打死打伤敌人30多人，缴获枪支20多支。接着又配合红三团拔掉了湖西的反动据点，捉俘大地主蓝秋金，还缴枪10多支、子弹近千发。我们把地主的一部分财产分给贫苦群众。然后，我们乘胜攻击张保祥匪部，先后镇压了曾暗害我地下党员和革命群众的反动土劣陈水、郑木斗等。从而巩固了后洞根据地，开辟了周围的一大片新区。这一时期，我们在军事上比较主动了。

闽粤边区里的红色交通站

吴运琳　黄兆树

1934 年 7 月上旬，中共闽粤边区特委为加强对各中心县委和红军游击队的领导与联络，于平和县欧寮乡楼仔村建立了特委地下交通总站，吴运琳、黄兆树、林昌兴等先后担任站长。由于敌人"围剿"靖和浦苏区，站址经常变换，先后转移到平和县的横石鸡笼山、欧寮山和漳浦县的车本山。

交通总站下辖十几个交通站。主要有：一区白云交通站，由陈金仔负责；二区洋尾溪交通站，由许生仙负责；三区小山城交通站，由张水来负责；中心区三坪交通站，由林文龙负责；五南区交通站，由陈海等负责；邦寮交通站，还有下布交通站和梁山交通站，由蔡火、黄连才负责；龙溪县洋坪交通站，由李榜负责；后井交通站，由林乌番负责；后溪交通站，由李天贞负责；峨眉山交通站，由阮矮福负责；秀芦交通站与闽西特委交通站，由陈厚负责；坪水交通站，由林文、林永太负责，并和饶和埔、潮澄饶县委联络。漳州工委和厦门市委交通站，经常与海外联系。在没有电信设备，斗争环境异常恶劣的情况下，交通站成为我党开展革命武装斗争的重要战线。

地下交通员一般是共产党员，本地人，所送的信是封住的，不能随便开阅，该送到哪里就送到哪里，要及时送到，不能耽误。同时，还得带信回来。在红军游击队中设有便衣侦察员，他们主要是搞情报和做联络工作。地下交通员在苏区范围内白天可以走路，在敌占区则夜间走路；环境好时走大路，环境不好时走山路；遇到敌人避上山，敌人走了再下山赶路，不得暴露任何目标。转送信件分两种：一种是重要文件，交通员要直接送到。个别的机密文件要用药水写，买饼干铁盒拆开装好，防止途中敌人检查；另一种是普通信件和宣传品，由苏维埃政府组织的交通员送到各个交通站，由站交通员负责分送到各个机关单位和个人。

为了有条不紊地开展工作，我们将地下交通线分成三条：第一条从总站送到漳州工委和厦门市委交通站。第二条从总站送到靖和浦中心县委所辖5个区委和4个工作团。再由峨眉山交通站送到山内后溪交通站转送秀芦交通站。由永定工作团再派交通员送到闽西特委交通站。第三条从总站送到坪水交通站。由该站派交通员送到乌山交通站。由云和诏工作团再派交通员送到饶和埔中心县委和潮澄饶中心县委交通站。还根据任务的需要，不断增加新的交通站。如1935年春，因工作需要，特委决定在龙溪县南乡洋坪（现龙海市）建立交通分站。从部队中抽调经受过考验，立场坚定，政治可靠的连级干部莫丁贵任站长，排级干部李榜、战士王狗高任交通员。从此，洋坪分站就成为总站与漳州工委交通站、厦门市委交通站的中转站。这个分站除传送党的机密文件、重要信件和报刊宣传品外，主要还负责接送外来干部到根据地工作。又如：从总站到梁山、下布两个交通站相距80多里。路途远，通信非常迟缓，特委为了加强这一带3个工作团和部队的领导，决定开辟一条通过国民党区的新交通线。但沿途有敌人的封锁，有时还驻保安团队。在根据地人民的支持下，交通员林乌番、张决勇敢机智，他们白天从总站出发到岭后村，夜间经过后坑寨、后埔，到下车村白区红点户黄八海家，由其负责船渡过河，一直送到下布交通站，然后再转送梁山、后井两个站，全程只有30多里。自建立交通线以后，做了大量工作，从未出过差错。

这支红色交通队伍在战争中发挥了重要作用，首先是为反对敌人的进攻，传送情报。1935年秋，当特委机关转移到第一区白云村时，被敌人发觉了。国民党即调集八十师的1个营，配合黄井林蔡成反动民团、园子圩王月水反动民团和程溪叶火武装壮丁队近千人，于10月17日上午分两路向我特委机关进攻。漳州工委书记杨瑞事先得悉这个消息，即于16日下午3点派交通员将情报送至洋坪交通站，站长莫丁贵立即派交通员李榜化装成农民送情报给特委，特委机关马上转移到狮头山，白云、过水根据地群众也连夜转移上山。17日上午，敌人分三路进入白云，结果扑了个空。洋坪交通分站的同志在那时所担任的任务是艰巨的，生活是艰苦的。有时甚至还要冒着生命危险传递情报，但他们都认真出色完成了党交给的任务。又如1935年5月16日，平和县保安团队和地主武装在南胜圩秘密集会，阴谋对我红军游击队发动进攻。我们一得到这个重要情报，立即报告红三团。当天夜晚，团长张长水亲自带领200多名指战员赶到五寨，在地下交通员和地方游击队的配合下，分路包围了敌人的据点。当时，新楼内驻有保安团1个连，敌人正在楼内密谋策划。我部预先埋伏在附近稻田内。17日清晨，乘敌人开楼门之机，我军即迅速冲进土楼，敌人顽固抵抗，经过一个多小时的激战，终于消灭了70多个敌人，缴获100多支步枪和10多支短枪。联保主任林友权、联防队队长庄何成、教练官吴少民等都被我们活捉了。

其次是护送干部和到边区工作人员：如龙溪县南乡洋坪交通站，据不完全统计，三年游击战争中，该站共接送外来干部300多人，其中从马来西亚、新加坡向根据地工作的就将近200人。厦门集美、漳州、安溪、永春、南安等地干部、学生、工人、医务人员、知识分子来闽粤边区工作亦有100多人。因此，大大地增强了闽粤边机关、部队的领导和骨干力量。枪支子弹、医药等重要军需用品也由洋坪交通站派人到漳州、厦门购买，然后送到特委供给机关和部队。1934年10月闽粤边区特委调饶和埔中心县委书记谢卓元、委员张华云、妇女干部邱阿足到特委工作，就是由饶和埔县委交通站送至乌山交通站，再转送坪水交通站的。1935 年春，卢叨同志从乌山到特委机关，也是通过这条路线的。同年 9 月，潮澄饶中心县委书记张敏要来特委机关开会，因为潮澄饶交通站到乌山交通站经敌占区路线太长，来往不安全，就从汕头搭船到厦门市委交通站，由交通员护送到特委机关所在地。

交通站在开展地下交通线工作的同时，我们也打土豪，主要解决经济来源，并且救济部分群众。那时，交通员的生活待遇同干部一样，发给衣服、毡子、油布、鞋子、雨伞、干粮袋等，每月发给五块光洋的生活费，两元零用费，不论在机关还是在群众家里用餐一律交五分，如果遇到经济困难无法发给生活费时，则轮流暂时先到群众家里吃饭。

在白区搞地下交通站的工作，不仅很辛苦，而且比较危险。敌人为了破坏我特委、县委机关，寻找红军游击队，千方百计地捕捉我地下交通员，破坏我交通站。有一次，吴运琳在漳州城附近一家人的橘子园里工作。不知谁走漏了风声，突然来了十五六个敌人。敌人先窜到这家人的家里，没有发现什么，接着又来到橘子园，由于预先约好，说是来串门走亲戚的，敌人盘问一番后也就走了。还有一次，敌人一看见吴运琳就开枪，并且追赶。那时路旁的树长不高，吴运琳赶紧伏在地上，敌人没有发现。敌人怕遭游击队袭击，很快就溜走了。我们交通员不仅要同明地的敌人做斗争，还要同叛徒做斗争。1937年3月，交通员庄建隆被国民党一五七师捕去后叛变革命，他带敌人包围了平和县欧寮山特委交通总站。站长王光龙和交通员数人英勇牺牲。伤兵员数人也被杀害。由于总站被破坏，各条交通路线都中断了联系。这时，红三团第三连连部和第一排及抗日义勇军第三大队140多人，正在龙溪县程溪一带活动。因与上级失掉了联系，经济又无法接济，使革命力量遭受严重损失。副连长陈松和一排长莫家福只好留下驳壳枪班10多人坚持与敌人斗争，其余指战员动员解散回家，武器集中埋藏在大湖山上，以待时机，再开展革命游击战争。

红军游击队的大后方——大芹山

陈天才

我的家乡就在大芹山（又称山内），与广东的大埔、饶平，闽西的永定，以及闽南的南靖、云霄、诏安等县相连，方圆百里，具有重要的战略地位。

1935 年，大芹山地区的革命发展很快，我们已经有了30 多支枪，拥有了一支武装力量。但我们一直没有找到党，没有找到红军。这一年 3 月间，正当我们为此发愁的时候，共青团员陈山良的母舅何钱串（云霄何地人）来做客，他说红军在何地抓地主，分粮食给贫苦农民。我一听真是喜出望外，急忙问他，能不能带我们去找红军？他说能。钱串舅说他和红军、团体的人都很熟，红军领头人叫林路，他可以带我们去见他。大家听说找红军有了门路都十分高兴。当天晚上，我和陈天德商量，决定派陈山良、陈清泉、陈振川三人去。过了两天，就由何钱串带着陈山良等三人前往云霄何地，他们在河田村见到林路，陈山良代表农会和共青团，向林路汇报了我们的工作和大芹山周围的社情等。林路听了很满意，表扬我们的工作做得好。陈山良对林路说，我们没有搞武装斗争的经验，要求林路派人指导我们搞武装斗争。林路对陈山良等人说，下次见面时一定派有经验的干部去帮助你们。同时林路给陈天德写了一封信并把一些传单交由陈山良等同志带回来。信的大意是说，你们失去了党的联系后，能继续坚持革命工作，并且积极找党，这是很好的。现在红军队伍扩大了，根据地也扩大了，敌我斗争也更激烈，我们在工作中要事事提高警惕。你们要求派队伍帮助，待研究后再派队伍前去。

此后，我们三次派人前去联系。直至 7 月中旬，林路同志派红三团一连指导员欧育超等五位同志随陈山良等前来大芹山，住在后溪村陈振川家。欧育超同志要我带他们到几个山头去观察地形和画地图。一路上我一一向育超介绍地名、村名，欧把地名、村名标在地图上。我们先后到了岩坑、溪头、白水等三个保几十个自然村。五天中爬上了 10 多座高山顶峰，第六天登上大芹山顶，居高临下，画了半天的地图。

我告诉欧育超，大芹山周围十几个保都和我们有联系，万事俱备，只要红三团队伍开来大芹山，周围 30 多个保的群众一经发动就可以行动起来。如果我们以大芹山为根据地到平原地区去筹粮筹款，打击土豪劣绅，都只需几个钟头的行军，而且可以打了就跑，回根据地休整。谈到民情，我告诉欧育超，大芹山区以及与大芹山相连的一大片山区，村庄的分布情况都差不多，大的村五六十户，中等的一二十户，小的五六户，还有单家独户的，这些山区的群众生活贫苦，饱受国民党反动派和地主的重重压迫。通过朱积垒领导的平和武装暴动，建立人民政权，分了田地，贫苦农民受闹翻身的影响，都有一股迫切要求革命的热情。只要大芹山区的武装斗争一搞起来，很快就能同饶和埔诏苏维埃政府、闽西南各革命根据地连成一片。育超同志很赞同我的看法。他说大芹山是平和的中心地带，又是连接闽西粤东两块革命根据地的枢纽，武装斗争开展起来后，除非国民党派出大量军队来占领，否则，我们确实是能攻能守。大家越谈越高兴，直到太阳下山，才回到白水村。晚上，我向欧育超介绍了大芹山社会势力的特点：大芹山各保的伪政权除了片仔保略强外，其余的形同虚设，封建家族的统治也如一盘散沙，我们只要镇压了片仔保的恶霸地主和伪保长，其他的保不足虑，红军在这里很有回旋的余地。

欧育超等红三团的同志临回队前和我们约定，很快就派队伍来，并留下一位同志和我们一道，为部队进驻大芹山事先做好各村联络工作。

1935年8月初，红三团第一连在挺进大芹山途中，到大溪大松公岭时，抓了两个地主罚款，镇压了山内片仔村恶霸地主陈其川，后回驻片仔村。片仔村是黄色农会会长陈荣三（也是伪保长）的老巢，陈其川是陈荣三的儿子。未开展工作之前，这里的群众基础较差，而且地形又不好。当时，我们建议部队到别的村庄驻扎，但洪连长没有接受我们的意见。以后，我被派到小溪去探听敌情，为攻打坂仔区公所做准备。

就在红三团镇压陈其川的同一天，他的弟弟陈魁（地头蛇）逃到小溪去报告，正好那天国民党漳龙师管区和保安团从龙岩调了1营反动军队来加强平和的反动武装，他们得到陈魁的报告后，由陈魁带路连夜进兵片仔村。第二天早上，红三团指战员正在吃早饭，突然遭到敌人的袭击，制高点都被敌人控制，红三团指战员只得被动应战，队伍顺山势往下撤，结果伤亡了20多个战士。

此时，我和陈振川才走了10里路，碰到赶回来告警的共青团员陈振盛，他在天亮时得到白军连夜进攻大芹山的消息，于是我们三人一路跑回来告警。才到郭坑水尾，就遇到红三团一连的战士正朝郭坑撤退，战斗打得很激烈，我方伤亡重大。我们赶回家里，立即组织了十几个青壮年扛着担架，帮部队抬伤员，将伤员送到半山村治疗。第二天，陈天德、曾哈带了十几个农会会员收埋了烈士的遗体。陈清泉、曾加仔在山上发现两个重伤员，就把他们抬回来治疗。

片仔村战斗后，林路同志来了，我向他汇报了情况。林路说，这次红军初到大芹山，打了一次败仗，它是一次有意义的特殊的败仗。片仔战斗的失败，闽粤边区特委已总结了经验教训。从这次败仗中，懂得了很多事情，从这个意义上讲，也是一次胜仗。他说，特委决定派武装来帮助你们工作，要把大芹山建成红三团及游击队集结整训的后方。今后，部队不在大芹山地区打仗，避免刚建立起来的地区受敌人的注意和摧残，你们要做好上层和争取保甲长的统战工作，除对个别极端反动的保甲长严加镇压外，一般都采取团结的政策，这样使大芹山内形势趋向安定，适应革命发展需要。

此后不久，红军派了林克明为主任的一个工作团来领导开辟大芹山。林克明召开了共青团全体会议，宣布县委决定全体团员转为共产党员，原来的团支部转为党支部，由我任党支部书记和武工队队长，并发给我一支日本造的连珠手枪。党支部成立后，林克明介绍杨梧桐、赖燕入党，并编入武工队。这样武工队共有 13 个成员，分为 3 个组，配合工作团分头开展工作。一组的工作重点放在高坑一带，另一组的工作重点放在溪头崎岭一带，再一组的工作重点放在岩坑下寨一带。当时，将我们筹备的 30 余支步枪留下 20 余支由武工队自用，余下 10 余支交给工作团主任林克明。他另外组织了一支义勇军，约 20 来人，一面训练，一面配合武工队工作。

在林路同志直接领导下，经过一个多月时间，大芹山周围 30 多个保都有我们的人去开展工作。其中有 19 个保完全在我们的控制下。经过抗租、抗债、抗捐后建立了根据地，从此和闽西、闽南其他地区及广东潮、澄、饶等革命根据地连成一片。根据地贫苦农民的革命热情也更高了，我们开始着手建立民兵组织。当时民兵的任务是站岗放哨，配合红军行动，整个根据地组成了联防哨。我们在 5 个保建立了党支部，这 5 个党支部各自负责开展和他们相邻的其他保的工作。不久，县委决定在大芹山设立党总支，由我任总支书记，陈子下任组织委员，赖燕任宣传委员。1935 年 11 月，林路同志提出要把总支扩大为区一级的组织，在原党总支的基础上，又增设了武装委员，正式成立中共平和县和中区委，由我任区委书记。

由于我们按党的政策办事，只重点打击个别反动分子，对多数保长则开展统战工作，因此，起初害怕红军而逃走的保长都陆续回来了。

区委建立后，一切主要的工作均由区委做出决定然后再去执行，区委掌握了实际上的权力。有的同志提出要不要废除保长的问题，这个问题引起了一些争论。最后，大家认为"保"，是国民党反动派政权的基层单位，我们还没有足够强大的军事力量，用苏维埃政府去取代之，废除"保"或者保长，眼前只能使国民党反动派对我们这个刚建立的根据地施加更残暴的压力，更不利于团结抗日工作的开展，最好的办法就是以"合法"的名义代替保甲制。我们利用国民党为了在全国欺骗民众而组织"抗敌后援会"的机会，也在大芹山成立区"抗日救国会"，由我当主任，副主任张长太，秘书陈炳华。区以下以保为单位设分会，分会下设小组。就这样，我们以合法的"抗日救国会"完全取代了国民党反动派的保甲政权。这时，"保长"的存在只是为了应付国民党反动派，群众中的纠纷和日常事务一律由"抗日救国会"解决。在当时的那种情况下，我们用减租减息（实际上是抗租抗息）的做法，使群众得到了实际利益（农民不交，地主又不敢来要）。通过这些工作，使党和群众的关系、红军和人民的关系都相当好，群众争着给部队送粮、送菜、送钱。

1936年初，大芹山革命斗争迅速发展，地区也扩大了，我们筹备了大量的粮食。这时，队伍来了也吸取过去的教训，先在村子里停一下，然后很快就到深山密林中扎寨。部队驻扎的地方都是我们武工队和工作团事先选好的。民兵和群众自觉到森林里搭草寮，油盐米菜都准备好，连大水缸也搬送上山。过了一段时间，部队熟悉了山林的情况后，一来，就直接到密林去住。部队以山内为中心区域四处打土豪，分粮食给贫苦农民。红军经常往来于大芹山和平原之间，时间久了，大芹山这块红色区域也就暴露了。国民党反动派开始派兵进攻大芹山根据地。首先是伪中央军八十师，以后是七十五师。这些反动军队大部分士兵都吸大烟，是些老兵痞。平时，他们住在大土楼内，怕受红军的袭击，天还没黑就关上大门。出发时，也只在各村晃一晃，来回都是走大路，找不到我部队，因此，并没有给我们构成多大的威胁。

1936 年 2 月起，我们由崎岭、坪溪向西发展，与闽西领导的季竹、秀芦打通了联系。不久，建立了闽西南地下交通总站，张厚钳任站长。交通员多达 30 多人，一般常驻的有 4 人，经常来往于闽西南和闽粤边界各地，任务主要是传送情报，护送党的领导人以及给红军游击队带路，在革命战争年代里发挥了很大的作用。

　　从 1935 年到 1937 年 2 月，主力红军北上抗日后，尽管敌人多次进攻大芹山地区，但是由于我们的交通网已经建立，敌人来进攻的情报很快就能传达到各部队。加上我们在保甲长这一阶层搞统一战线，一些保甲长也主动给我们提供情报，因此情报来源广，传得快，使敌人的进攻往往扑空，群众所受的损失也就减少，被敌人杀害的极少。伪一五七师有一次纠合了各县联防队、自卫队、伪警察共 5000 多人，在大芹山区"围剿"了一个多星期，连红军的影子都找不到，只好灰溜溜地撤兵。其实，我们的部队当时就在大芹山地区山林里，敌人没有"耳目"，也没有群众带路，不敢贸然进山，因此，我们部队没有丝毫的损失。

　　漳浦事件以后，国民党反动派认为红军被消灭，只剩下一些"土共"了，各地的地主也乘机对大芹山的人民进行反攻倒算。因此，我们决定开展打土豪工作，一方面给部队筹款，另一方面压一压地主的嚣张气焰。不久，我们在坂仔南山抓了一个大地主，叫林苍，罚了他数千块光洋；当天晚上又抓另一个反动地主来罚款。坂仔的伪区长以为来抓人的是游击队，便带着几十个乡兵追赶。于是我带一个班埋伏在山上，等敌人靠近时，我们一阵排枪，将伪区长打死，并打伤了几个乡兵，缴了两支枪。"红军还在"的消息就这样传开了，反动地主的气焰也就有所收敛。

为了扩大影响，我们又派人去镇压1930年杀害杨文元同志派来和我们联系的五名武工队员的叛徒陈督敬。这个叛徒平日不敢回家，直到漳浦事件后，他以为红军被消灭，可以无忧无虑了，才回家。根据可靠的情报，我带着闽西来支援的那个排和一部分民兵，连夜去将陈督敬两兄弟镇压了，并将当时被缴去的10多支步枪和驳壳枪收缴回来，此外，我们还镇压了十几个反革命分子。经过一系列镇压反革命的活动，我们的根据地工作恢复了，局面也很快打开了，连坂仔平原、九峰、县城南门外，以及崎岭的大部分地区都成了我们的活动地区。

1938年1月，谭震林同志来传达中央的指示。我去闽西交通站接他，住在大坑山后溪村我们的一个交通站。谭震林同志在这里住了六七天，与林路同志一起开了几次会。随后，我护送他到驻东坑的特委机关传达中央指示。根据中央决定，重新武装起来的闽南红军游击队正式改编为新四军，准备北上抗日。2月份，闽南各根据地游击队400多人在郭坑集中后开到坂仔圳心三个祠堂集训。一星期后，部队经小溪，到龙岩白土集中，然后北上抗日。

此后，因红军走了，一部分土豪劣绅又重新纠集起了一支三四百人的"黑军"，以朱庆端为司令，进到大芹山地区，在根据地杀人放火、奸淫妇女，无恶不作。当时，我受党的派遣，打入伪高坑乡社训队当少尉分队长，利用这层"合法"身份，训练民兵。面对土匪的胡作非为，特委领导人何浚通过各保保长向伪政府告状，要求剿匪，从而取得剿匪的"合法"权利。于是特委命令我和其他四个打进伪社训队的党员，带领由我们公开训练的"秘密民兵"，配合留守部队，很快剿灭了这支入侵大芹山地区的土匪。从此，这些汉奸土匪慑于游击队和民兵的威名，再不敢踏进大芹山地区一步，根据地人民的日常生活得以正常进行。大芹山上的红旗始终没有倒。